リリコは眠《ねむ》れない

高楼《たかどの》方子《ほうこ》 作

松岡 潤 絵

もくじ

1　真夜中に

ボーン、ボーン、ボーン、ボーン……。

階下の居間《いま》の柱時計の音が、この夜もまた床《ゆか》を伝ってリリコの耳に届《とど》く。リリコは毛布のえりもとを両手でつかみ、鼻がかくれるまで引きあげ、暗がりに、きょろっ……と目を走らせる。

ボーン、ボーン、ボーン……。

時計は、はてしなく、はてしなく、鳴りつづける。

けれど、ほんとうははてしなくなんかつづかない。いつかは音がとだえ、かわりに、ぼうっとふるえるような静寂《せいじゃく》が広がるのだ。するとどこからともなく、男声合唱団《がっしょうだん》の歌声がかすかに聞こえてくる。真っ暗な夜空のはてからひとりでにわき出てくるようでもあるし、遠い街角に並《なら》んだ男の人たちが朗《ろう》ろうと歌っているようでもある。それともあれは夜汽車が通る音なのだろうか……。

毛布のえりもとをつかんだまま、もっとよく聞こうとして耳をすますと、棚《たな》にのった置時計の、コッチンカッチン、コッチンカッチン……という音や、部屋の反対側の闇《やみ》だまりからわき出てくる、スー……スー……スー……というかすかな息づかいが、今になってくっきりと聞こえ始める。妹のキララは、ベッドに入るなり眠《ねむ》りの淵《ふち》に落ち、夜が明けるまで目覚めない。おもてのどこかでまだ起きている人々の気配も、低く、ぶう……っとうなるように伝わってくる。男声合唱《がっしょう》団《だん》の歌声はもう聞こえない。

リリコはベッドの右側にたれた重たい綾織《あやおり》のカーテンとうすいレースの二枚《まい》をシャッ……と十センチほど開ける。レールに固定されていたカーテンのはしは、カーテンが自由にすべるようにここだけはずしてある。

少し身を起こして冷たいガラスごしに外をのぞく。街灯《がいとう》のまわりだけがぼんやりと明るみ、公園の木々や家並《いえな》みは、黒い輪郭《りんかく》を見せながら、はてしのないかたまりのようにどこまでものびて、闇《やみ》にとけながら、しんとしずんでいる。目をこらして、見ても見ても、黒ぐろとした同じ光景がじっとしている。

窓《まど》ガラスのにおいにあきるころ、リリコはまたまくらに頭をのせ、毛布を引きあげる。それからベッドをきしませながら反対に寝返《ねがえ》りをうち、ぱっちりと目を開く。

するとドアの内側にはった一枚《まい》の絵が、外からしのびこんだわずかな光を得て、うす暗がりの中で明るむのだ――。

〈わたしはいらない。気に入ったんならもらえばいいじゃない〉

姉のウララにそう言われて、納戸《なんど》にあった古びた大きな印刷絵を、リリコががびょうでとめてから一月《ひとつき》がたつ。ジョルジョ・デ・キリコという画家が描《か》いた、風変わりな絵だった。

絵の奥《おく》に行くにしたがって、左側の石造《いしづく》りの大きな建物がぐんぐんすぼまり、くっきりと白い二等辺三角形をなしている。その前の黄色い通りを奥《おく》に向かって女の子がただ一人、髪《かみ》をなびかせ輪っかを回しながらかけていく。逆光《ぎゃっこう》写真のように黒いシルエットで描《えが》かれたその子は、後ろに影《かげ》を引きながら、勢《いきお》いよくかけている。通りの先にはだれかわからない、ぬうっとした謎《なぞ》の人物の影《かげ》だけが、やけに大きく黒ぐろと、黄色い地面の上にのびている。建物は右手前にもあるが、こちらはすっかりかげっていて、これもまた黄色の地面にくっきりと影《かげ》を落としている。その影《かげ》の中に、貨車のような車両が一つ、荷台のとびらを開けはなしたまま、捨《す》てられたように停《と》まっている。そんな街角を、青緑の不穏《ふおん》な空がおおっている。

〈へんな絵ねえ……。ぶきみだし、見てたら何だか不安になっちゃう……〉

ウララはきれいなまゆをしかめながら言った。

たしかに不安になるような変わった絵だとリリコも思う。でもリリコはその絵が好きだった。とはいえ、もし女の子が描《えが》かれていなかったら――そう、世界中の人がぐっすり昼寝《ひるね》でもしてしまったようなしんとしたぶきみな通りを、一人で走りながら昔の遊びをしている女の子がいなかったら、〈わたしもいらない〉と筒《つつ》に丸め、捨《す》てる雑品《ざっぴん》をつめこんだダンボールにつき立てて、それきりだったろう。

この絵を見たときハッとしたのは、この少女のせいだった。〈スーキー〉を思わせたのだ。

リリコは、今日もまた暗がりの中で絵を見つめ、〈スーキー〉のことを思い、胸《むね》の中をさびしい風がひゅうっと吹《ふ》きすぎていくのをがまんし、こくんとつばを飲みこむ。

それからゆっくりあおむけになって目を閉《と》じる。

こうしてようやく、頭のいちばんすみっこにそっとしまいこんでいた〈トビー〉のことを思う。すると、あたたかいぬくもりのような、ほおっとするものが心の中に染《し》み入《い》ってきて、さびしい風のことを忘《わす》れる。リリコは安らぎ、眠《ねむ》くなり、空気をかむような小さなあくびをする。

リリコはようやく眠《ねむ》る。

2 〈スーキー〉

〈スーキー〉は、リリコがほんとうに仲良くなった初めての友だちだった。

いろんなことをたくさんたくさん思っては、混《ま》ぜてしまった絵具のようにぐるぐるとわけがわからなくなって、一つも言葉にならない思いをのどの奥《おく》にわだかまらせたままじっとしていると、〈おとなしいのね、リリコちゃん〉と、だれもが言った。そんな一年生の教室で、窓《まど》の外をながめたり、あてられて、考え考えもじもじしたりしながら、何か月かがすぎたとき、同じようにおとなしそうな〈スーキー〉とリリコは、いちばん後ろの席で、通路をはさんでとなりどうしになったのだ。リリコが転がした消しゴムを〈スーキー〉がひろってくれて、〈スーキー〉が転がした消しゴムをリリコがひろってあげてから、二人はクスクス笑い、そして仲良くなった。

〈スーキー〉というのはほんとうの名前ではなくて呼《よ》び名《な》だけれど、〈小さいときからそう呼《よ》ばれてたから、ほんとの名前のような気がしてるの〉と〈スーキー〉が言うように、リリコにとっても、〈スーキー〉は〈スーキー〉なのだった。

〈スーキー〉といるとき、ぐるぐるしていたリリコの思いはふしぎとほぐされ、きちんとした一つずつの言葉に生まれ変わった。そして、思いのとおりに〈スーキー〉に伝わっていくのがリリコにはわかった。それは心の中をさわやかな風が吹《ふ》きぬけていくようにうれしいことだった。

〈ねえ、スーキー、聞いて！〉

リリコは、何度そう言って〈スーキー〉に話しかけたことだろう。おかっぱの髪《かみ》を耳にかけながら話を聞く〈スーキー〉の顔が真剣《しんけん》にかがやき、それからぱあっと笑顔《えがお》に変わるのを見ると、リリコは満ち足りて、熱い息をふぅ……と吹《ふ》くのだった。

〈スーキー〉は、ささやかなことをおかしがった。そんなこと、だれも気にしないと思うような、ちょっとしたことや、あっ……とかすかに感じても風に飛んでいってしまうような、へんてこな一瞬《いっしゅん》のおかしさに、〈スーキー〉の目はほくほくとよろこぶ。

遠回りをした学校からの帰り道、立派《りっぱ》な家の石塀《いしべい》についたドアのことを最初に面白がったのも〈スーキー〉だった。小さいけれどびんと閉《し》まったまじめそうなドアには錠前《じょうまえ》がぶらさがり、しっかり鍵《かぎ》がかけられていたのだが、そこから二メートルくらいのところで塀《へい》はぷつんととぎれていたので、いくらでも敷地《しきち》の中に入りこめるのだった。

〈あのドアって、がんばってるのに、ぜんぜんお手伝いになってないちっちゃい子みたい……。おかしいけどちょっとかわいそう〉

それ以来そこを通るたび、二人はかならずドアを見てはクスッと笑った。

またある日の帰り道、

〈今の……おかしかったね〉

と、〈スーキー〉が首をすくめていたずらそうに笑いながら、何だかはずかしそうにリリコを見たのは、三人のおじさんとつぎつぎすれちがったあとだった。ただそれだけのことだったけれど、たてに並《なら》んだおじさんたちの間隔《かんかく》がとてもせまかったのと、どの人も灰色っぽい服を着て髪《かみ》を横分けにし、右左右左と同じ足並《あしな》みで歩いていたのが、まるでおじさんの人形がくっついて行進しているみたいだったのだ。

〈うん〉

リリコもくちびるをかみながら、こっそり笑った。

そんなときリリコは、ほんとうにわくわくした。まだだれも見たことのない動物でも発見したみたいに。

そんなふうにこっそりクスクス笑っても、〈スーキー〉はずるい子なんかじゃなく、かげでこそこそする子でもなかった。男の子の前でわざとはしゃいだりも、なよなよしたりもしなかった。

〈スーキー〉の家に行ったことはなかったけれど、〈スーキー〉が遊びに来たことは何度かある。ろうかで会ったお母さんが、いつでもどこか遠くを見ているような目を、ふと〈スーキー〉に向けて、

〈あら、お友だち？　仲良くしてくれてありがとう〉

と言ったとき、〈スーキー〉は、おしゃまな子でもないのに、お母さんのほうを

真っすぐに見て、

〈リリコちゃんとは、これからもずっと仲良しでいたいと思っています〉

といった。お母さんは、ゆっくりと目を大きくし、ほほえんだ。

〈ねえ、おこらないで聞いてよ〉

そう前置きして、〈スーキー〉がそっとささやいたこともあった。

〈わたしね、リリコちゃんの笑ったときの顔がすごく好きなの〉

〈え？〉

そうしか言えなかったのは、おどろいたのと、それでどうしてわたしがおこるの？　と思ったから。すると〈スーキー〉は、言《い》い訳《わけ》するようにちょっと首をすくめながら付け足したのだ。

〈でも、それだからリリコちゃんのことが好きなんじゃないのよ。ああそれにね、ふつうにしてるときの顔がきらいなんでもないのよ〉

どの言葉も、リリコをふわりと幸せにした。

二年生のとちゅう、リリコの家の呼《よ》び鈴《りん》を押《お》した〈スーキー〉は、中には入ろうとしないまま、おびえたような目で、〈さよなら〉と言ったのだった。

〈スーキー〉は、外国に行ってしまった。リリコが出した手紙に一度は返事がきたけれど、つぎに受け取ったのは、〈宛先人不明《あてさきにん》〉のリリコが出した手紙だった。

それきり、〈スーキー〉がどこに行ったのか、リリコは知らない。

二年生が終わり、三年生が終わり、四年生が終わるころ、リリコは〈スーキー〉のことをだいぶ忘《わす》れた。五年生が半分すぎた今では、〈スーキー〉のことを思い出して、ベッドの中でそっと涙《なみだ》をぬぐうこともない。

けれど、変わった印刷絵をドアにはり付けてから、〈スーキー〉はおぼろな姿《すがた》でまぶたにちろめき、さびしい風を呼《よ》び起《お》こすようになったのだ。そしてその姿《すがた》を追いかけながら、

〈スーキー、ねえ、聞いて〉

と、話しかけたくて話しかけたくて、リリコはときどき胸《むね》がいっぱいになるのだ。

リリコは知っている。もしも今〈スーキー〉に会ったら、これまでの時間はぴたりとふさがり、さっきまでずっといっしょに笑っていたように笑いながら、つづきの話をするだろうと。

3 〈トビー〉

〈トビー〉に気づいたのは、去年の春、四年生になってまもなくのことだった。あるとき、ろうかの曲がり角に立っている〈トビー〉を見たのだ。あの時期、五年の週番の人たちは、昼休みのたびにろうかのところどころで〈交通整理〉をさせられていた。〈トビー〉は背《せ》の低い子だったから、腕章《わんしょう》をしていなければ、だれも五年生だとは思わなかっただろう。

学校の休み時間は、懸命《けんめい》にしゃべる子、なぜかさけぶ子、歌うようにわめく子、そうしながら逃《に》げる子、追いかける子などであふれている。リリコもクラスの女の子と、笑っていたと思う。そのときふと、騒音《そうおん》をぬって流れる小川のように、一つの声が耳に届《とど》いた。落ち着いた、澄《す》んだ、静かでまろやかな声……。大人の声でも子どもの声でもなく、やっぱり少年の声にはちがいないのだけれど、それはかつて聞いたことも、思ったこともない、何かぜんぜんちがう質《しつ》の声だった。

〈ここは向こうからくる人が見えないからね、走っちゃあぶないんだよ〉と、その声は言っていた。角に立った週番が言う、ありふれた注意にすぎなかったけれど、リリコはふり向いて見ずにはいられなかった。くすんだ茶色の服を着た〈トビー〉は、腰《こし》をかがめて、自分よりもっと小さい、二年生か三年生に語りかけていた。そのとき、背《せ》の低いその男の子は、リリコにとって〈トビー〉になったのだ。

といっても、まだそのときは〈トビー〉という名のもとに、その男の子を見たわけではなかった。そもそも、そういう名前なのかどうかは、今だってわからない。〈トミー〉だった気もするし、ぜんぜんちがうのかもしれなかった。

あれは、つなをつけたまま学校に迷《まよ》いこんできた犬を、クロと呼《よ》んで生徒みんなでかわいがっていた夏のはじめのことだった。やせたさえない犬だったけれど、だれが寄《よ》っていってもしっぽをふったから、みんなクロが好きだった。

その日クロは、校庭のすみの若木《わかぎ》につながれていて、小さな木かげにすわり校《こう》舎《しゃ》のほうを向いて首をかしげていた。窓際《まどぎわ》の席のリリコは、そんなクロをしょっちゅう見ていた。いきなり雨が降《ふ》り出《だ》したのは、五時間目のことだった。

雨は枝《えだ》えだの間をぬけ、クロをぬらしていく。

〈クロ……〉

と、リリコがいすから腰《こし》をうかせたときには、窓際《まどぎわ》にいるほかの生徒たちも、一様にそわそわしていた。するとまもなく、校舎《こうしゃ》のどこからかあらわれた一人の生徒が雨降《ふ》る校庭を一気にかけぬけ、クロのつなをはずし、だきかかえて校舎《こうしゃ》へともどってきたのだった。リリコはドキッとした。そのとき、〈トビー、がんばって！〉とか〈トミー早く！〉とか、何かそういった呼《よ》び声《ごえ》が、五年生の教室のあたりから、わき出すのが聞こえたのだ。

自分はぬれたまま、クロをだいて小走りにもどってくる男の子をおどろきの中でじっと見ながら、〈あの人、トビーっていうんだ……〉と、心の中でリリコはつぶやいた。でももしかすると、五年生の間では、クロのことを〈トビー〉と呼《よ》んでいたのかもしれない、とあとで思ったりもした。でもいいのだ。その男の子は、リリコにとって、それ以来〈トビー〉になった。

つぎの春が来て五年生になってまもなくの放課後、置《お》き忘《わす》れたリコーダーを取りに、リリコは音楽室に向かった。音楽室前の階段《かいだん》は、そうじをする六年生たちの声と、生徒がいたずらにひくピアノの音でにぎやかだった。大声をはりあげ、ほこりを巻《ま》きあげながら、遊び半分に床《ゆか》をはく生徒たちの間に、息をつめたリリコが思いきってふみこんでまもなく、目の前に見えていた一本のほうきが、すっと道をゆずるようにはじに遠のいて止まった。意外さに、ふと顔をあげると、長いほうきの柄《え》を胸《むね》に引《ひ》き寄《よ》せた〈トビー〉が、ちょっと待ってと、ほかの生徒たちを制《せい》するように上の段《だん》に向けて片手《かたて》をあげていた。

いくつものほうきが、すっと左右に別れてぴたりと動きを止めたとたん、いくらかたどたどしいピアノが奏《かな》でるユーモレスクの調べだけがくっきりひびいた。その、目を細めて遠い日々を思うような旋律《せんりつ》が流れる中、リリコは六年生たちの居並《いなら》ぶ長い階段《かいだん》の中央を、緊張《きんちょう》しながらのぼっていったのだ。六時間目にすわっていた机《つくえ》から取り出したリコーダーを手に、また同じ階段《かいだん》を下りるのははずかしかった。そのときも、みなそっと通り道をあけてくれたし、忘《わす》れ物《もの》を取りに行ったのは見え見えだったから。

そのままさわがしく床《ゆか》をはいていてくれたなら目立たずにすりぬけられたのに、

と思う。でも、ちらっと見た〈トビー〉の目に、深く静かで、ずっと前に聞いたあの声そのもののように、そしてユーモレスクのなつかしいような、せつないような力が脱《ぬ》けていくような調べとともに、リリコの心の奥《おく》に染《し》み入《い》り、消えずに残った。

この前〈トビー〉は、大きな木の下で一年生たちに囲まれながら、上を見あげ、緑のこずえを指さしていた。一年生が何か言うのだろう、ぱっと笑って、大きくうなずくのが遠くから見えた。それは、ぼうっと光りつづける、とても貴《とうと》い光景だった。

たとえ学校中の生徒が、わあっと大さわぎをしながらどこかへかけていっても、〈トビー〉はだまって立ち止まっているだろう。そしてみんながたがいを気にしながら、口をつぐみ、おどおど目を泳がせるようなとき、〈トビー〉は、真っすぐ前を見て、ゆっくり、はっきり、静かな声で語るだろう――。リリコの目に〈トビー〉はそういう人のように映《うつ》るのだった。

〈トビー〉がいるということ。それはリリコの心にともった一つの美しい光だった。〈希望〉と言ってもよかった。

4　きょうだいたち

この夜もまた柱時計が鳴りやみ、いつものように二枚《まい》のカーテンをわずかにシャッ……と開けたとき、幾重《いくえ》ものまゆにくるまれたような、こもった階下の話し声が、床《ゆか》からもごもごと小さくわき出してリリコの耳に届《とど》いた。たまあに、何と言っているのかもわかった。

〈ふこうへいじゃない？〉

ウララの声だった。つづく、もわんとした男の声と女の声は、お父さんとお母さんだ。中学三年のウララが、勉強を理由にいつも夜おそくまで起きているのは知っていた。でも今日は、みんなもまだ起きていたらしい。そうかキララのことを話してたのね……と、リリコは思う。

小学三年のキララはピアノが上手。それもとても上手。まだ四、五歳《さい》のころ、ウララやリリコがひくのをそばで見ているうちにまねしてひき始めるや、あっというまにリリコが練習していた曲をひきこなし、あれよあれよというまに、ウララにも追いついた。グランドピアノが居間《いま》に入ったのはキララのおかげだったけれど、ひくのはもっぱらキララだから、ウララにもリリコにも、たいしていいこともなかった。といって、リリコの場合はべつだんひきたいわけじゃない。

ウララは、友だちやよその人にはキララのことをほこらしく語る。でも家の中では、キララのことで、よくいらつくのだ。

一つはキララが生意気だったから。やさしい曲はふうわりと春風のように、悲しい曲は冷たい小雨のように奏《かな》でて人の心をゆらすことのできるキララは、やさしい曲も悲しい曲も、のっぺりとしかひけない人のことを――つまりリリコだの、まあ多少はウララだのを――しょうもなさそうに横目で見てため息をつく。それでいて、すごいと言われているもう一人の生徒のことだってほめやしない。それどころか、その子が演奏会《えんそうかい》でしくじればいいのにと思っていることをリリコはちゃんと知っている。

ウララの不満の二つめの理由は、お金のこと。今もきっとそのことだ。

〈キララにばっかり！〉

ほらね。才能《さいのう》があったために、キララにはお金がかかることになったのだ。ふつうはなかなかつけないえらい先生には、なかなかのお礼をしなければならないものだから。

ウララだって、今の年になるまでに、すてきなものをけっこう買ってもらってはいる。でも、自分くらいきれいな子は、いつも流行の先端《せんたん》を行くもの、しかもペカペカしたものじゃなく、上等のものをもっていいはずだと信じているのだ。ウララは女優《じょゆう》になるつもりなのだ。

ウララのことをほめない大人はいない。見た人はだれでもびっくりして〈きれいなおじょうさん〉と言う。それがお世辞《せじ》なんかじゃないことくらい、ウララは知っているから、初めて会ってそう言わない人のことを、〈あの人、正直じゃないわ〉って言う。言われなくたってわかっていることなのに、ちゃんと言われないのは、とてもとてもおもしろくないのだ。だってそれはウララにとって、〈はじめまして〉とあいさつしたのに、無視《むし》されたのと同じことだったから。

それにウララは、頭だって、はっきりテキパキしている。だから、緊張《きんちょう》すると頭にもやがかかったようにぼうっとなってしまうリリコのことが、きっとどうにもふしぎでじれったいのだ。

ふと、また別の声が、もごもごと床《ゆか》を伝わってきた。

〈あ、モル兄さんだ……〉

モル兄さんがまだ起きているなら、まだそんなにおそい時間ではなかったのだろう。

モル兄さんは十六歳《さい》でいちばん上の子どもだけれど、丈夫《じょうぶ》じゃないせいで赤《あか》ん坊《ぼう》かというほど気をつかわれている。高校生だというのに中学生の少年みたいにひょろひょろしていて、いつもいかにも清潔《せいけつ》そうな白っぽいものばかり着ているせいで、ますます赤《あか》ん坊《ぼう》を思わせるのだった。でも勉強は大好きだから、ほんとうは深夜まででも机《つくえ》についていたいのに、それは禁物《きんもつ》。ウララは、お父さんとお母さんが、モル兄さんのからだを心配しすぎることにも、ぷん、としている。

〈だいじにしすぎるのが悪いのよ。少し冷たい風にあてりゃいいのよ、あんな人。ね、そう思うでしょ、あんただって〉

そうウララはリリコに毒づき、リリコは〈うん〉と答える。ウララの言うのもわかる。だってモル兄さんは、青白くて、鼻にかかったかん高い声で自分の言いたいことだけをせっかちに話し、めんどうなことは、やれることでもからだのせいにしてやらないことがしょっちゅうだったから。

〈これしまっといて〉〈あ、これ捨《す》てて〉〈ちょっとそこ広げて〉……家の中でモル兄さんに会うたびに、リリコは何かしら命令される。まるでせっかくの労働力を使わないと損《そん》だとでもいうように。〈え、ぼくがやるの?〉なんて言うときは、その後ろに、〈ぼくは頭を使うこと以外やれないし、やる必要もないと思うけどな〉という言葉がかくされているに決まっていた。そしてしばしば、〈ティルはどこ行ったんだよ〉という言葉がつづくのだ。

ティルはリリコより一つ年下の四年生——きょうだいはこれでぜんぶ——とてもいたずら。この前は、校長先生のうちの犬に、マジックインキでまゆげをかいた。勉強はきらい。だから先生からしょっちゅう電話が来る。いたずらのこと、でなきゃ授業中《じゅぎょうちゅう》の態度《たいど》や成績《せいせき》のことで。

ティルといっしょに学校に行くときには、じゃんけんで、よく荷物を持たされる。ふしぎだけれどティルはほんとうにじゃんけんが得意なのだ。

――でもおととい、リリコが黒曜石の置物を学校に持っていくことになったとき、なぜかじゃんけんに負けたティルは、メロンでも入れたようにごろんとふくれた大きな手さげ袋《ぶくろ》を肩《かた》にかついだまま、〈犬か、おばさんに会ったらつぎのじゃんけん〉という、二人の間のきまりを口にしなかった。おばさんとすれちがったあとで、リリコが、〈ほら、じゃんけん〉ともちかけると、ティルはすまして〈今の、おじさんだよ〉と言って、すたすた歩いていった。そうか、おじさんだったんだ……と思ったけれど、ふり向いて見ると、やっぱりおばさんに見えた。

そんなものを持っていくことになったのは、先生にたのまれたからだった。その前の理科の時間、石の標本をみんなで見たあと、先生は黒い石をさしながら、〈ペンダントにしたり、ぶんちんにしたり、はんこにしたりと、いろいろに使われる石ですね〉と黒曜石のことを話した。〈おうちにある人もいるでしょう〉って。そう言いながら、みんなをぐるりと見わたしたとき、先生と目が合った気がしてリリコはうなずいた。すると先生は顔をかがやかせて、〈持ってきてもらえる？〉と聞いたので、リリコは少しも考えてみずに、またうなずいたのだ。

みんながおどろきの声をもらしたりしながらリリコを見守る中、黒曜石でほった熊《くま》の置物を腕《うで》にかかえて教卓《きょうたく》へ持っていったとき、

〈えっ！　これを持ってきたの？　せいぜいこれくらいのものを想像《そうぞう》してたのよ、先生〉

と先生は目を丸くし、せっけんほどの大きさを手で示《しめ》した。

放課後、ティルは靴箱《くつばこ》のあたりをうろついてリリコを待っていた。帰り道は、リリコがきっちりきまりをたしかめて、犬かおばさんを見るたびに、どんなにおじさんぽいおばさんだとしても、ちゃんとじゃんけんをし、熊《くま》入りの手さげの持ち主を決めたのだった。そうしないとティルはまた、歯をくいしばりながらずっと持ちつづけたんだと思う。そう。ティルはやさしい子なのだ。みんなは知らないだろうけれど――。

ボーン、ボーン、ボーン、ボーン……。

リリコははっと息を飲む。さっきからもう一時間がすぎたなんて、夜中の時間には、とくべつの羽が生えてでもいるようだ。時計の音がやんだあとはもう、階下の声は昇《のぼ》ってはこなかった。みんな寝《ね》てしまったのか、ただだまっているだけ

なのかはわからない。リリコを取《と》り巻《ま》くのは、ぶうんとした静寂《せいじゃく》……そしてかならずわいてくる、あの男声合唱団《がっしょうだん》の歌声……。リリコはその歌声をはっきりと聞きたい。じっとしていると、少しだけつかまえられそうな気になる。でもわかっている。ちゃんとは無理なことを。

リリコはやっとドアのほうに寝返《ねがえ》り、絵を見つめた。かけていく女の子は今日もまた〈スーキー〉を思わせて、さびしい風を呼《よ》び起《お》こす。リリコは一瞬《いっしゅん》、がまんする。

それからもう一度あおむけになり目を閉《と》じる。そうしながらリリコは、頭の芯《しん》のずっとずっと奥底《おくそこ》にしずんでいた〈トビー〉のおもかげを引《ひ》っ張《ぱ》り出した。〈トビー〉の瞳《ひとみ》がはっきり見えるような気がしたとき、リリコは、気持ちよい強さで頭をたたかれたように、くらっとし、それから眠《ねむ》たくなった。

リリコはようやく眠《ねむ》った。

5　リリコは眠《ねむ》れない

日曜の夜だった。

暗闇《くらやみ》の中で、キララがはっきり声をあげた。

〈ねえリリコ、眠《ねむ》い？　あたしちっとも。ウララはいいな。ちょっと大きいからってさ。ああ、早く大人になりたいよね！〉

リリコは返事のかわりに寝息《ねいき》をたてた。キララがしかたなさそうに何度も大きなため息をつきながら、わざとらしく寝返《ねがえ》りをうつ音がした。でもそのうち、リリコのうその寝息《ねいき》にキララの寝息《ねいき》が重なり、やがて暗闇《くらやみ》にはキララの息だけが残った。

階下では、時おりドッとおじさんたちの笑い声が起こった。ぞっとするおじさんたち特有《とくゆう》の笑い方。いきなりいっせいにドッと笑うのだ。リリコは頭まですっ

ぽりと毛布をかぶり、耳をふさいだけれど、あの笑い声をせき止めることなどできやしない。たまにまじる高い声はウララだ。ウララは学校の試験《しけん》がすんだところだから、お客さんたちといっしょにしゃべっていてもいいのだ。

お父さんの仕事の仲間のおじさんたちがまとまってやってきて、お酒を飲みながらおしゃべりしていくことはこれまでにも何度もあった。けれど今日はどういういきさつでか、リリコたちもしばらく同席させられていたのだった。

さっきまで居間《いま》では、キララがいちばんの花形だった。ピアノをひいたからだ。小さなからだで白いリボンをつけた髪《かみ》をふり乱《みだ》し、すごいいきおいで両手の指を走らせると、息を飲まない人はいない。曲が終わると同時に、おじさんたちの分《ぶ》厚《あつ》い拍手《はくしゅ》がいくつも重なり、〈こりゃあすばらしいや！〉〈天才だね！〉と、音楽通らしい人もそうじゃないような人も胸《むね》をそらせ、心から感心して首をふった。ほおを紅潮《こうちょう》させたキララはちょっと舌先《したさき》を出し、感じよく笑った。

そのあと、ウララがあらためてみんなの注目を集めたのは見なくてもわかる。ウララは気に入りの白いレースのブラウスを着て、ふだんよりもずっとはなやいでいたし、キララの出番はもう終わったのだから。はりきったウララの声のあとに、またドッとわいたおじさんたちの笑い声はひときわ大きく、リリコは毛布の下でぎゅっと耳をふさいだ。ああ、いやだいやだ。

モル兄さんは、もうとっくに耳せんをしたにちがいない。モル兄さんは、耳せん一つで（正確《せいかく》には二つで、だけれど）、きっぱりと世界をしめだすことができるのだ。ピアノひきの妹や力の余《あま》った弟のいる家で、いやおうなしに身についた特技《とくぎ》なのだろう。

そして、力の余《あま》ったその弟、ティルは――。

まる二日、リリコの胸《むね》をぎゅうっとにぶく押《お》しつづけている重たいかたまりの正体はティルだった。

金曜の昼休み、ガラリと開いた職員室《しょくいんしつ》からろうかに出てきたティルは、たまま通りかかったリリコが、〈ティル！〉と声をかけると、いきなり肩《かた》をいからせふくれっつらで二、三歩つめ寄《よ》り、〈かんけえねえだろ〉とぞっとするような低い声で言い捨《す》てて、ナイフのようなまなざしをくれてから、去っていったのだ。

いつもなら、〈ないしょな！〉と、片目《かため》をつぶっておどける場面なのに。

（やっぱりあの先生のせいだ……）

リリコはぎゅうっとくちびるをかみながら思う。ティルの担任《たんにん》の先生は、〈わたしはあまやかしません〉と初めに宣言《せんげん》したとおり、冷たくきびしくティルにあたるのをリリコは知っている。〈きまりはきまりです。やぶったら罰《ばつ》を受けるのはあたり前。でなければいったい何のためのきまりでしょう。ちがいますか？〉と、帰りの会で声を鋭《するど》くするのを、ティルをろうかで待っていたときに聞いたことがあった。少し開いていた教室の入り口から、青緑の服に黒いベストを着た大《おお》柄《がら》な先生が後ろで手を結び、ひっつめ髪《がみ》にした顔をつんと上に向け、胸《むね》をそらす姿《すがた》が見えた。そのときリリコは、いやぁな気持ちがしたのだ。

職員室《しょくいんしつ》の戸がガラッと開いたとき、ティルの背後《はいご》には、あの先生にちがいない青緑と黒の服が見えた。

ティルがたびたびいたずらをしかけたり、きまりを無視《むし》しては先生をふゆかいにさせていることをリリコは知っていた。でもティルはいつだって、ただの面白いいたずらっ子なのだ……。それなのにあの先生は、ちょっとしたことでも――返してもらったテストで紙飛行機を折って飛ばしたのでさえ――見のがそうとせず、細かくきっちり罰《ばつ》をあたえるのだった。

ティルはきっとあの先生に深く傷《きず》つけられたのだ。わたしをあんな目で見て、あんなことを言うなんて。あれがティルだなんて。あの先生の意地悪さが、どろどろとティルの心にまで流れこんだのかもしれない。このままでは、ティルはいたずらっ子じゃなく、ほんとうの不良になってしまう……。

リリコはこわくなって毛布の奥《おく》で丸くなり、折り曲げた足をぎゅうっとかかえた。ティルがろうかに立たされたりして罰《ばつ》を受けているのを目にするたび、リリコは自分がどうしてあげることもできないのがつらかった。それでもティルはいつだってへっちゃらそうに見えたのに……。それともほんとうはそうではなかったのだろうか……。

ティルは今日も、口もきかずに夕食を食べ、部屋にこもってそれきりだった。

ボーン……ボーン……ボーン……ボーン……。

柱時計が鳴りやんだあと、いつもはぼうっとうなるように広がる静寂《せいじゃく》のかわりに、おじさんたちの声がまたドッとわいた。いすのきしむ音、足音、笑い声、あいさつ、お礼、居間《いま》のとびらがキイッと開く音につづいて、男の人たちの機《き》嫌《げん》のいいいくつもの声が二重に三重にだぶり、高鳴り、それから不意に、ふとしだまり──きっとだれかが、あ、もうお子さんたち寝《ね》てますね、と人差し指を立てたにちがいなかった──つぎに、〈お気づかいなく。あの子たち、とっくに、じんじふせいいにおちいっていますから！〉というウララの声が、くっきりと、毛布の中の耳にまで届《とど》いた。それに安心したらしいおじさんたちが、またいくらか元の声にもどっていとまごいするのが、ひとしきりリリコの耳をさわがせる。

それから静かになった。

リリコはようやく毛布から顔を出し、頭をまくらにのせ、男声合唱団《がっしょうだん》の歌声が訪《おとず》れるのを待った。それなのに何ということだ。耳の奥《おく》に残ったままましきりとさわぎ立てるのは、どやどやわらわらと折り重なる、おじさんたちの笑い声ばかりだ……。ああん、じゃましないで！　耳を澄《す》まさないと。……え……それとも、これはあの歌声と同じ声？　朗《ろう》ろうと夜空に歌いあげるようないつもの声は、さっきのおじさんたちと変わらない、どこかのおじさんたちの声だったの？

声は、わんわんわんわん耳の中でひびきわたり、リリコはとうとうベッドの上に起きあがると、毛布ごとかかえた膝《ひざ》の上に、わっと顔をうつぶせた。

そうしていると、心の片《かた》すみによどんでいたことがぷつぷつとわきあがってきた。

——どの人もこの人もカラスみたいに黒っぽい背広《せびろ》を着た数人のおじさんたちは、口ぐちに〈きれいなおじょうさんですねえ！〉〈すごい才能《さいのう》ですねえ！〉とウララとキララをほめ〈お幸せですねえ〉〈さぞご自慢《じまん》でしょう〉とお父さんをよろこばせたけれども、リリコのことはだれも何ひとつ言わなかった。——それにあのティルの先生は、前に、〈三年のキララちゃんときょうだいなんだって？〉と、意外そうにティルを見てから、〈妹はしっかりしてるっていうのにね〉といやみな口調で言ったけれど、あのときそばにいた五年のきょうだいのリリコにはぜんぜん気づかなかった。——それに、熊《くま》の置物のことだって、ほんとうはつらかったのだ。先生が〈えっ、これ持ってきたの！〉って言って、わざわざ熊《くま》を持ちあげて〈重ったいっ。リリコちゃんて、力もち！〉なんて言ったものだから、いちばん前の子が席を立って自分も持ちあげ、〈かいりき〜〜！〉と目を丸くしてさけんだりしたのだ。そのとたん、それまで感心したように熊《くま》を見ていたみんなまで、とつぜんえらそうになって、リリコと熊《くま》のことをアハハハ、アハハハとおおげさに笑い、リリコにしばらくの間、笑いのうずの中でただもじもじしていたのだった。先生が持ってきてって言ったから、持っていっただけなのに。ティルががんばって運んでくれたのに――。

毛布にうつぶせたリリコの目尻《めじり》から、小さな涙《なみだ》がつっとにじんだ。いないみたいにあしらわれるか、じゃなきゃ笑われるなんて……。何てさえないわたし……。

(でもわたし、何もわかってないわけじゃない。ぼんやりに見えて、目立たなくたって、いろんなことちゃんとわかってる……)

ふとそう思ったとたん、リリコは、はっきりとそのことに気づいた。

(そうなのよ。わたし、わかってるの)

リリコはとっくにわかっていたのだ。口に出したことはなかったけれど。見かけがきれいとか勉強ができるとかピアノがすごくうまいとかいうことは、そりゃあもちろんとてもいいことなのだけれども、ほんとうに、それはそれ。ずるく人を押《お》しのけたりバカにしたりするんじゃなく、人の気持ちを考えられるやさしいあたたかい心のほうが、ずっとずっとずっと貴《とうと》いのだってこと――。リリコは身をもって、そのことをわかっていたのだ。

そして大人たちもまた、〈そのとおり。いちばんだいじなのは心です〉と言う。でもそうやって言うだけ。だってあの人たちは、見かけがきれいで勉強ができてピアノがうまい子のほうがずっと好きなのだから。ぼんやりしていて、人よりも上手にやれることが何もない子のことなんて、だれも気にしない。いろんなことをちゃんとわかっていても、そんなことだれも気づかない。

リリコはとつぜんひどくいやになり、手をのばしてシャッと思いきりカーテンを開け、冷たい窓《まど》ガラスにてのひらと鼻をくっつけ、しんとした暗がりの景色を見つめた。

「……トビー……」

リリコはおどろいた。いつもぎりぎりまで頭のすみの宝箱《たからばこ》に大切にしまっていて、眠《ねむ》りにつく最後のときに、そっとそっと取り出すようにしてきた、自分にとってさえ、ほとんど〈ないしょごと〉だった〈トビー〉の名前を、いきなり声に出して呼《よ》ぶなんて。それがたとえ息のような声だったとしても。

けれど、かすかな声でささやかれたその名前のひびきは、リリコをやわらかく包んだ。

（そうよ。トビーがいるじゃないの。トビーはちゃんとわかってる。トビーはひとをバカにして笑ったりしない。トビーはあんなおじさんたちにはけっしてならないわよ……大人になんか……）

ところがそのとたん、にごったあぶくのような思いが一つ、リリコの心にぷくんとうかんだ。

（そうか……。トビーだって大人になるんだ……）

という思いが――。

大人になったら、あの声はどこかへ消えて、おじさんの声になるだろう。会社につとめたらカラスみたいな背広《せびろ》を着てネクタイをしめるだろう。そうしたら、よその家にあがって足を組んでソファーにもたれて、お酒のグラスをてのひらにのっけ、そして夜中に、ドッと笑うかもしれない……。え、ほんと？〈トビー〉が？　まさか！　まさか！　そんなのもう〈トビー〉じゃない。

（いやだいやだいやだ！　そんなのもうトビーじゃない！）

トキッ、トキッ、トキッ……。自分の心臓《しんぞう》の小さな鼓動《こどう》がはっきりとわかる。

ティルは不良になり、〈トビー〉はおじさんになってしまう……。

リリコはベッドに転がると、ドアのほうに寝返《ねがえ》りをうち、ふくれあがってくる不安をかかえて、うす暗がりにうかびあがる絵をじっと見つめた。

白い建物の前の黄色い通りをかけていく女の子……。リリコは食い入るようにその姿《すがた》を見つめつづけた。今日もまた少女は〈スーキー〉を思わせ、心がきゅんとさびしくなる。それでもリリコは見つめつづけ、いつもはしないことなのに、少女に向かってひそひそ声で語りかけた。

「スーキー……。あのね、スーキー。これはないしょなの。トビーのことよ。スーキーは知らないと思う。六年生なの。とくべつなの……。すごくいい人なの……。だけどね、わたし、わからないの……。ねえ？　トビーもあんなおじさんたちみたいな……」

――と、リリコはハッとした。

（わたしったら、どうして気がつかなかったんだろう……）

大きく目を見開き、今初めて見るようにあらためて女の子を見つめ、片《かた》ひじを支《ささ》えにして、リリコは身を起こした。

（あの子って、スーキーなんじゃない？　スーキーに似《に》てるんじゃなくて、スーキーなのよ！　ああ、どうして今まで気がつかなかったんだろう。そうか、髪《かみ》が長そうだし、背《せ》も高かったからだ。でもスーキーだって、五年生になったんだもの、髪《かみ》も背《せ》ものびたに決まってる。ああ、スーキーったら、ずうっとあそこで輪回しなんかしてたんだ……）

ずっと昔に描《か》かれた有名な作品の印刷だとわかっているのに、リリコはその思いつきが少しもへんだとは思わなかった。今まで気づかなかったことがふしぎに思えただけだった。

「スーキーだったのね！」

そう声に出してつぶやいたとき、リリコは息を飲んだ。

絵の中の少女が足を交互《こうご》に蹴《け》り始《はじ》め、ほんとうに輪回しをしながら、絵の奥《おく》へ奥《おく》へと、黄色い道を走っていったのだ。

その姿《すがた》をリリコは口を開けたまま、呆然《ぼうぜん》と見ていたが、はっとしてベッドからすべり降《お》りると、

「スーキー！」

とさけんではだしのまま数歩床《ゆか》をかけ、両手を絵のほうへさしのべた。

その手がなめらかでひんやりした紙にふれた……と思ったとき、からだがすうっと引っぱられた。

気づくとリリコは、黄色い地面の上に立ち、かけていく少女の後ろ姿《すがた》を見つめていた。

6 〈スーキー〉を追いかけて

カラコロカラコロカラコロ……。

かわいた音をあたりにまき散らしながら、白い建物の前の黄色の地面を蹴《け》って、少女は真っすぐにかけていく――。

「スーキー!」

やっとさけんだリリコの声も、ふしぎな街角にもわんもわんとひびいた。けれどかけていく少女の耳に届《とど》いているのかどうか……。

リリコは、目をさすようなどぎつい黄色にくらくらしながら、スカートのすそをはねあげる少女の茶色の後ろ姿《すがた》をただ見ているばかりだった。自分もまたかけ出すべきなのだろうか……とぼんやり思うけれど、からだはみょうになまくらしていたし、ものがよく考えられなかった。

何しろ、空中にうっすらと黄砂《こうさ》がただよっているようなきみょうな街角の黄色の通りは、絵で見ていたより、奥《おく》へ奥《おく》へとずうっとのびていて、はるか先のほうでかすむようにすぼまっているのだった。柱の並《なら》んだ左側の白い建物も、その通りに沿《そ》って、同じようにずうっと遠くまでつづいていた。右側の景色はそこに立ってもまだ、手前の建物にさえぎられたまま見えなかった。ただ謎《なぞ》めいた人物の影《かげ》だけが地面の中ほどに黒く横たわっていた。

かけていった少女は、やがてその黒々とした人影《ひとかげ》の中に飛びこんでいき、とけたように姿《すがた》が見えなくなった……。

と、そのとたん、その人影《ひとかげ》がゆらりと動いた。リリコはぐっと緊張《きんちょう》した……。人影《ひとかげ》はからだの横につき立っていた棒状《ぼうじょう》の影《かげ》に手をのべてぐいとつかむと、魔法《まほう》のランプから現《あらわ》れた魔人《まじん》の召《め》し使《つか》いのようにうやうやしく腰《こし》を曲げるや、みるみる面積を増《ま》し、黄色い地面をこちらに向かって墨汁《ぼくじゅう》のように流れ出してきたのだった。リリコは思わずあとじさった……。と、ごろり……ごっとん……という重たい音が、すぐそばから聞こえた。初めて首を右に向けると、日かげの中に停《と》まっていたあの貨車の車輪が、ゆっくりと回り出したのがわかった。ごろり……

ごっとん……。

リリコの目の前で、貨車は引《ひ》っ張《ぱ》られるように暗がりから日向《ひなた》へ乗り出し、ごろり……ごっとん……と動き出した。あの魔人《まじん》のような影《かげ》が、さっき手にした棒《ぼう》を魔法《まほう》のつえのように思いきりさしのべ、もう片方《かたほう》の手でひらりひらりとさし招《まね》く仕草をくり返していた。そうやって、深い眠《ねむ》りの中にいた貨車を目覚めさせ、おびき寄《よ》せたのだった。

貨車は、明るい地面の上をゆっくりと走り始めた。

「……あ、乗せて！」

リリコはとつぜんかけた。いざとなるとからだは、油をさしたように自由だった。はだしのままネグリジェのすそをはためかせ、こちらに向かって大きく開けられたとびらを目指す。そしてようやく貨車のふちにすがりつき、飛び乗った。

ハア、ハア……。

貨車に乗りこんだリリコは、中の暗がりをのぞきこみながらあらい息を整えた。かつてどんな荷を積みこんだ車両なのだろう。降《ふ》り積《つ》もった時間の中で板に染《し》みこんだ朽《く》ちたにおいがかすかに鼻をつく。薬草をせんじたような、干《ほ》したような、あるいは古い紙のにおいだろうか……。少しばかり奥《おく》へ進んでみる……。

ごろりごっとん……ガッタン……。ガッタン……ごろりごっとん……。シュッシュッ。

——バタンッ！

ゆれたひょうしに背後《はいご》でドアが閉《し》まり、闇《やみ》に閉《と》じこめられたリリコはあせった。が、目が慣《な》れるにつれ、そこが貨車などではないことがわかってきた。どうやらいすがあるらしい……。

気がつけば車内はすっかり明るんでいた。板でふさがれていたはずの壁《かべ》にいつのまにか窓《まど》がついていたのだ。なんとそこは客車だった。といっても、向かい合わせになった四人がけのボックス席が一つ、左側の窓《まど》をはさむようにして付いているだけなのだったが。まるで古い汽車の座席《ざせき》のようで、しつらえは古風だったし、またじっさい長年使いこまれもしたのだろう、えんじ色のビロードは背《せ》のあたる形に毛がぬけ、手すりの木製部分についた傷《きず》はてろりとなめらかだった。

左側の窓《まど》からは、くり返し見つめた白い建物が見え、柱と柱の間のアーチ形のくりぬきの奥《おく》も正面からのぞくことができたが、閉《し》まったドアがところどころにあるだけだった。

窓《まど》は客車の右側の壁《かべ》にもあった。そこから外を見たリリコは、初めて目にする光景に、いっしゅん、息を飲んだ。

絵では手前に立ちはだかった建物のせいでのぞき見ることのできなかった黄色い地面のつづき――。黄色い地面は〈通り〉ではなく、建物に囲まれた、街の広場の一部だったのだ。不透明《ふとうめい》な空気におおわれた不ぞろいな建物が、広場の向こうに並《なら》んでいる。どっしりした大きなもの、塔《とう》のようにひょろりと高く間口のせまいもの、茶色のもの緑っぽいもの白茶けたもの……。かげっているせいもあるのだろうが、そのどれもが古めかしくくすんで見えた。けれどそんなながめにも目はたちまち慣《な》れる……。まるでとっくに知っていた光景のように。人気《ひとけ》のまったくない広場を、午後の気だるさがおおっていた――。

リリコは少しよろめきながら、前方についた戸のほうに向かった。ほとんど真四角と言っていい寸《すん》づまりの車両では、すぐそこが先端《せんたん》の戸だったのだけれど。

(ここを開けたら、あの黒い人の影《かげ》がこの車を引《ひ》っ張《ぱ》ってるのが見えるんだろうか……。ひょっとしたらスーキーが走ってるのも?)

わずかにためらったあと、その一枚板《いちまいいた》の引き戸に手をかけ、思い切ってガラリと横に開けたリリコは、いきなり風を受けて後ろに少しよろめいた。

目の前を走るのは、思いもしなかった黒々とした四角の箱……黒い石炭を積みこんだ、客車よりまだ小さい車だった。そしてさらにその先には、黒い車両が煙突《えんとつ》を真っすぐつき立ててさかんに白いけむりをはき出していた……。足もとを白い蒸気《じょうき》が流れていく……。つまり小さな蒸気機関車《じょうききかんしゃ》が懸命《けんめい》に走っていたのだった。

ごっとん……ガッタン……と。

戸のふちにつかまりながらからだを右に乗り出し、前方をのぞくと、黄色い地面の上に、いつ敷《し》かれたのかそれとも初めからあったのだったか、金色に光る二本のレールがのびていた。

……そうか……あの人影《ひとかげ》が、石炭を積んだ車――水も積んでいるはずだから、正しくいえば炭水車と――そして機関車とに姿《すがた》を変えたんだ……と、リリコは納得《なっとく》する。シュッシュッという、かすかな息づかいのように聞こえていた音は魔人《まじん》のはく息、つまり蒸気《じょうき》の音だったのだ。

でも〈スーキー〉はどこ？　黒い鉄のかたまりに、とけてしまったのだろうか……。

リリコは開けたままの戸のへりに片手《かたて》でつかまり、炭水車と客車の間に立って外を見回した。ずっとつづく左手の白い建物にも、右手に広がる広場にもだれの姿《すがた》もなかった。でも無人の街のようでもない。人々はみな、走りゆく小さな汽車などにおかまいなく、建物の奥《おく》深くに入りこみ、昼下がりの眠《ねむ》りの底で夢《ゆめ》でも見ているらしかった……。けれど、ほんとうに昼下がりなのだろうか？　あんなに長く大きく広場に落ちた影《かげ》は、夕方の証拠《しょうこ》なのでは？　あるいは朝日が作る影《かげ》？　そういえば、そもそも太陽はどこ？　ほんとうに晴れているの？　あの青緑の空は今にも一雨きそうなあやしさではないか……。

それればかりではない。きみょうなのは汽車がはき出す白いけむりだ。びゅうびゅうとほおにあたり髪《かみ》を吹《ふ》きすぎていく風をこんなに感じるのに、けむりは後ろに流れることなく、ふかふかの大きなパンのような丸さをかたちづくりながら、真っすぐ空に昇《のぼ》っていくのだ。まるででたらめな絵のように。

シュッシュッ……ごとっガタンッ……ごとっガタンッ……。

シュッシュッ……ごとっガタンッ……ごとっガタンッ……。

リリコは、戸口のへりをにぎりしめ、もう一方の手で口に入りそうになる自分の髪《かみ》をはらう。

ごとっガタンッ……ごとっガタンッ……。

汽車は、左右にからだをゆらすようにしながら、黄色い広場の一辺を走りつづける。

7　広場の不安

（この汽車、どこまで行くんだろう？　スーキーに追いつけると思ったのに……）

目の前に積みあがった黒い石の山は、ゆれに合わせてところどころでチラチラと宝石《ほうせき》のように光り、コック帽《ぼう》にも似《に》た丸い白いけむりが、あいかわらず風を無視《むし》したまま青緑の空に向かって、ぽっこり真っすぐ昇《のぼ》っていく。何だかまがぬけていて、頭がへんになりそうだった。

リリコがここにいることなど、だれ一人知らずに眠《ねむ》りつづける街……。もしここで汽車から転げ落ち、悲鳴をあげたとしても、何一つ変わることなく、人々は閉《し》めきった窓《まど》の奥深《おく》くでこんこんと眠《ねむ》りつづけるだけだろう……。リリコは初めて少し不安になった。

（わたし、この汽車にずっと乗ってなくちゃいけないんだろうか……）

そうしていると、〈ごとっ・ガタンッ……〉という音が、やがて言葉をのせてひびき始めた。

〈ごとっ・ガタンッ……イキッ・テミッ……〉

〈ごとっ・ガタンッ……ワカッ・ルコッ……〉

〈イキッ・テミッ……ワカッ・ルコッ……。

イキッ・テミッ……ワカッ・ルコッ……〉

え？　何ですって？　いきてみ？　……わかるこ……？　生きてみて……わかること？　リリコはからだを立てると、いきなりぶるんぶるんと首をふった。そんな言葉を消したくなったから。

「だから言ったじゃないの、わたしもうわかってるんだって！　生きてみなくたって、もうわかってるのよ！　大人なんかより、ちゃんとわかってるの！」

とつぜん、心がどよどよっとゆらめいた。音はいったんそう聞こえ出すと、もう二度と意味を持たない、〈ごとっ・ガタンッ〉だけには聞こえず、〈生きてみてわかること〉という言葉をのせてひびいてくるのだった。

〈イキッ・テミッ……ワカッ・ルコッ……生きてみて……わかること……〉

（やだ！　やだやだっ！）

リリコは両手で耳をおさえると、音に合わせて別の言葉を重ねた。

「ワカッ・テルッ！　……ワカッ・テルッ！　わかってる！　わかってる！」

ごとっガタンッ……ごとっガタンッ……。

ワカッ・テルッ……ワカッ・テルッ……。

炭水車と客車をつなぐ大きなかぎホックのような連結部分が、がくんと、右を向いたのを見て、リリコは、機関車がゆっくりカーブしながら、広場の中へと入りこんでいったことに気づいた。

ずっと左に見えていた白い柱の列は視界《しかい》から去り、代わりに、広場に面して建ったさまざまの形の建物が近づいてきた。けれど、円い屋根の家も、塔《とう》のような家も、三角形の窓《まど》のある家も、見かけの楽しさとは反対に、影《かげ》の中でしん……とぶきみに静まったきりだった。れんが色の建物の屋根には時計台がついていたが、白い文字盤《もじばん》に針《はり》はなく、ぶらさがった鐘《かね》も静止していた。ごっとんガッタンという音だけが黄色い広場にひびきわたる。その音に気づいて窓《まど》から顔を出す人はどこにもいない。音は煙突《えんとつ》から立《た》ち昇《のぼ》るまあるく白いけむりといっしょに、広場の空へぽこぽこと昇《のぼ》っていくばかり……。

走り出してみると広場はずいぶんと広く、その地面全体に金色のレールがもつれた糸のように張《は》りめぐらされ、チカチカと光っているのだった。汽車はその上を楕円《だえん》や8の字をぐるぐる描《えが》いたり、またはくねくねと蛇行《だこう》したりしながら、気まぐれに走りつづけた。だだっ広《ぴろ》いさびれた遊園地の汽車のように……。不安のあまり、同じところをただやみくもにぐるぐるする人のように……。

リリコはだれからも忘《わす》れられたように車両のつなぎ目に立ったまま、ひとりぼっちで、その不安にたえた。

そのとき——。

あれは空に昇《のぼ》った白いけむりから生まれたのだろうか……それとも、寝静《ねしず》まっているはずのどこかの家の窓《まど》の中からだれかがわざと、ふわりと放りでもしたのだろうか……。真っ白いヴェールのような布が一枚《まい》、リリコのほうに向かってどこからともなくひらりふわりとひるがえりながら、風に運ばれて飛んできたのだった。近づくにつれだんだん大きくなる。するとリリコの目の中で何かがちらちらした。ウララの白いレースのブラウス……キララの白いリボン……そしてモル兄さんの白いシャツ……。

リリコは思わず客車の中へとしりぞいた。すると大判《おおばん》のショールほどもある布もまた、リリコを追うかのように戸口をくぐりぬけてふうわりと中に入りこみ、リリコの顔をかすめたのだ。

「あっ……」

わざとしたのではなかった。うっかりだった。リリコがはらった手の先が、うすく繊細《せんさい》なレースのふちに引っかかり、ビリッとさけたのだ。

（あ、いけない……）

そう口の中でつぶやいたものの、さいた瞬間《しゅんかん》に心の中がスッとしたのをリリコは感じた。

すき通るようなうす布はびりりとさけたまま、まるで生きているようにひらりさらりとせまい客車の中を舞《ま》いつづけた。天井《てんじょう》の下の限《かぎ》られた空間を、わがもの顔に……。そして何度もリリコの顔をかすめた。

「……いや！」

汽車のゆれによろめきながら、リリコは舞《ま》いつづける真っ白い布を何度も顔からはらう。それでも布は、リリコをバカにでもするように顔をかすめて飛びつづけた。

とうとうリリコは布をつかむと、今度はわざと、レースのふちをびりっ……とさいた。スーッとした。そこでもう一度さいた。ますますスーッとした。それからもう一度……。それからもう一度……。

力いっぱい破《やぶ》いているうちに、心の底にしずんでいた情《なさ》けなさや悲しみ、それにわけのわからない不安がまぎれ、リリコは自分が少し強くなったような気がした。

「さあ飛んでって！」

あらい息をつきながら、右手の窓《まど》のつまみを左右の手でにぎり、えいっと押《お》しあげて窓《まど》を開けるなり、リリコはきびしく布に命じた。

吹《ふ》き流しのような数本の細長い切れはしになった真っ白いうす布は、ひゅるひゅると力なく宙《ちゅう》を舞《ま》ってから、一枚《まい》、また一枚《まい》と開いた車窓《しゃそう》から飛んでいき、広場に面した家のさまざまな窓《まど》の暗がりへと消えていった。リリコは最後に残ったいちばん大きな切れはしをつかむと、座席《ざせき》の手すりにはらりとかけ、とんとたたいた。レースのひじかけをかけたようで、まるで自分の部屋が、ちょっとおしゃれになったような気がした。布を引きさいた高揚感《こうようかん》も、からだ全体に染《し》みわたっていた……。

（乗ってるしかないんだもの。すわろう）

リリコは開けた窓《まど》をぐっと引きおろして閉《し》めると、開いたままの戸も閉《し》めようと戸口へ向かった。

ところがそこで上を見あげ、思わず目をしばたたいた。

高い天井《てんじょう》のような青緑の空がちりちりちりちりとみょうにかがやいたと思うと、空がはがれ落ちたようなかけらが、いくつもいくつも広場の空を舞《ま》っているのが見えたのだった。

青と緑と黒とがチラチラする。鳥だろうか……。

「ピプーピリピリプー……ピプー……」

リリコがためしに口笛を吹《ふ》くと、広場の空を思い思いに飛んでいたものたちは、音色に魅《み》せられたように、ふわふわと羽ばたきながらだんだん一か所に集まり、やがて白いけむりを取り囲みながら、機関車に寄《よ》りそうように飛び始めたのだった。よく目をこらすと、それは鳥ではなく蝶《ちょう》だった。青と緑と黒が美しい大型の蝶《ちょう》、トリバネアゲハだ……。

そのさまを見ているうちに、リリコの心の中に何かいやあな感じがむくむくわきあがってきたのだった。青緑と黒とが、いやあな感じを呼《よ》び覚《さ》ますのだ……。同時に、まだ腕《うで》に残っていた布を引きさいたときのふしぎな気持ちよさが、うずうずとよみがえった。

リリコは細く澄《す》んだビーズのくさりのような口笛を奏《かな》でながら、ゆれる客車の中にふたたび入りこんだ。

ごとっガタンッ……ごとっガタンッ……。

ほどなく蝶《ちょう》たちは、魔法《まほう》の笛におびき寄《よ》せられるように列をなし、炭水車の上を飛び、一匹《ぴき》、また一匹《ぴき》と順々に客車の戸口から舞《ま》いこんできた。

リリコはしっかりねらいさだめた。

ふわりふわり……。しゅうっ！

パタリパタリ……。しゅうっ！

小鳥をはるかにしのぐ大きさのトリバネアゲハたちが、一匹《ぴき》一匹《ぴき》、リリコのかまえた捕虫網《ほちゅうもう》にとらえられた。——それは、考えるより先に手が勝手にこしらえたうす布の捕虫網《ほちゅうもう》だった。さっきのうす布のはじをところどころ結び合わせ、袋状《ふくろじょう》に仕立てたのだ。

パタリパタリ……。しゅうっ！

ふわりふわり……。しゅうっ！

やがてうす布の袋《ふくろ》は仕留《しと》めた蝶《ちょう》でふくらみ、その重さにしなり、バタバタともがく蝶《ちょう》たちのせいで全体がもぞもぞとうごめいた。最後の一匹《ぴき》が入ったところで、リリコは念のためにもう一つ結び目をつけて蝶《ちょう》たちを閉《と》じこめた。一かかえもある蝶入《ちょうい》りの袋《ふくろ》がリリコの腕《うで》の中でごもごもと動く……。

「どうよ、わたしのうまいこと！」

さてどうしようかと車内を見回せば、壁《かべ》のいたるところに小さなピンがうちこんであるではないか。

リリコは用心深く、袋《ふくろ》のすきまから手をさし入れて一匹《ぴき》を取り出すと、すぐそばの壁《かべ》に押《お》しつけ、黒い背中《せなか》の真ん中にプスッとピンをつきさした。それからその黄色いお尻《しり》の先を。それから四枚《まい》の羽を――。はりつけにされた美しいトリバネアゲハは、ピンをのがれようとぴくぴくした。

リリコはつぎの蝶《ちょう》を取り出し、また同じことをした。プスッとピンをさすとき、心の底がスッとするのを感じた。二匹《ひき》、三匹《びき》、四匹《ひき》……。壁《かべ》は、黒と青と緑とで描《えが》き出《だ》された美しい幾何学模様《きかがくもよう》の羽でうまっていく。ともするとピンをはじき飛ばしそうな黒と黄の胴体《どうたい》がくねくねする。でもリリコのとめたピンのほうがずっと強い。やがて壁《かべ》という壁《かべ》がトリバネアゲハでうめつくされた。そんな客車は、さながら標本箱《ひょうほんばこ》のようだった。

リリコは最後の一匹《ぴき》を手にしたとき、そのとりわけ大きな個体《こたい》におどろき、ごくりとつばを飲んだ。胴体《どうたい》をつかまれた蝶《ちょう》は、四枚《まい》の羽をしきりとばたつかせる。

「そうだ。わたし、これはこのままお扇子《せんす》にしよう」

羽を広げて床《ゆか》の上に蝶《ちょう》を置くと、リリコははだしの足をその胴体《どうたい》にそっとのせ、それからぎゅうっとふみつぶした。生暖《なまあたた》かいむにゅっとした感触《かんしょく》が足裏《あしうら》に伝わった。そのとき、何かにくらしいものを押《お》しふせたような高ぶった感覚《かんかく》に包まれた。

しばらくそうしていると蝶《ちょう》はその形のまま平たく静かになり、豪華《ごうか》な扇子《せんす》に変わった。

リリコはにわか作りの捕虫網《ほちゅうもう》を元の布にもどし、手すりにふわりとかけた。それからあらためて扇子《せんす》を持つと、ようやくビロードの座席《ざせき》に腰《こし》を下ろした。ネグリジェのすそをドレスのように広げ、手すりに腕《うで》をのせ、背《せ》もたれに背中《せなか》をあずける。そうやって広場を囲む家いえを車窓《しゃそう》からながめ、優雅《ゆうが》に扇子《せんす》をあおぎながら、ほうっと息をついた。自分の手ぎわにリリコは満足だった。

ごとっガタンッ……ごとっガタンッ……。

「ワカッテル……ワカッテル……」

そのとき、かすかな笑い声がかなたから聞こえてきた。

8　汽車は走りつづける

かすかだった笑い声は、やがて幾重《いくえ》ものだみ声に変わり、リリコの耳と気分をざらざらと激《はげ》しく不快《ふかい》にしながらだんだん強く大きくひびいた。それにつれて、日食が起こったようなみょうな暗さが押《お》し寄《よ》せた。同時に窓《まど》の外にごそごそ動く黒い影《かげ》がかかる。

ワアワアワア、アーアーアーアー

クワハッハッハ　クワハッハッハッハ

ワアワアワア、アーアーアーアー

リリコはガラスごしに空を見あげてぎょっとした。数知れないカラスたちが汽車の上をどよどよバサバサと舞《ま》っていた。右の窓《まど》を見れば、もう家いえは黒煙《こくえん》とも黒雲ともつかないような大きな黒いかたまりにさえぎられ一つも見えなかった。

カラスたちは、しきりとかまびすしい笑い声をあげながら汽車に向かってくるのだった。そのうち、何羽かが窓《まど》の横まで寄《よ》ってきては、まるでバカにするようにバサバサと羽ばたいた。

「キャアッ！　ついてこないで！」

ワアワアワア、アーアーアーアー

クワハッハッハ　クワハッハッハッハ

アハハハ、アハハハ

ギュッと目を閉《と》じ力いっぱい耳をふさいでも聞こえてくる笑い声……。いつかどこかで、これと似《に》た大勢《おおぜい》の声を聞いた気がする。とてもいやな、頭をぶるぶるふりたくなるような笑い声……どっといっせいにわきあがる太い笑い声……。あるいはいっせいにリリコに向けられた高笑い……。思い出さないほうがいい。

けれどカラスたちはつかれを知らず、どんどん調子に乗り、どこかへ飛び去るどころか、左右の窓《まど》ガラスにはりつかんばかりに低空飛行を始め、車内はいっそう暗くなった。

こらえていても嫌悪感《けんおかん》がどんどんふくれあがる。

リリコは心を決めると、扇子《せんす》を置き、勢《いきお》いよく立ちあがった。蝶《ちょう》を壁《かべ》にさしたとき、そして最後の一匹《ぴき》をふみつぶしたとき、リリコは、白い布を思いきりさいたときにも増《ま》して強くなった気がしたのだ。もう、めそめそと悲しがっているだけの自分ではなかった。

リリコは戸口に向かうと、ガラッと戸を開け、外に出てすばやく後ろ手に戸を閉《し》めた。

そのとたん、ワアワアカアカアとけたたましい笑い声と黒ぐろとした竜巻《たつまき》のようなカラスがバサバサとリリコを取り囲んだ。巻《ま》きあがるつむじ風にもてあそばれリリコの髪《かみ》がネジを巻《ま》く。

リリコは腕《うで》を右に左にと大きくはらいながら、耳をつんざく喧噪《けんそう》に負けず連結部分をまたぎ、炭水車のふちにつかまってよじのぼり、石炭の上に立った。炭水車はゆれ、細かくとがった石炭つぶは足の裏《うら》を刺激《しげき》したけれど、痛《いた》くなんかない。ただ腰《こし》をかがめて石炭の上を急ぐばかりだ。ずうずうしい何羽かがリリコの頭を大きな羽でバサッとたたいたり、両足で頭にのったりしては、耳の真横でアハーハーと笑った。

ようやく機関室に飛《と》び降《お》りたリリコに、だれもいない運転席におどろきもせず、しつこくまとわりつくカラスを腕《うで》ではらいながら、機関室の天井《てんじょう》からさがった一本の銀色の棒《ぼう》に、真っしぐらに飛びついて、力いっぱい引きおろした。

ブプォ――――――――――――ッ！

耳をつんざくたくましい丸太のような音が、広場にひびきわたり、いやしくけたたましい笑い声を一気に蹴散《けち》らした。真っ黒い集団があわてふためき、ぶつかり合いののしり合い、あたりにはげしい風を起こしながらくるったようにバサバサと入《い》り乱《みだ》れ、やがてたがいを巻《ま》きこみ巻《ま》きこみ一つになり、まさに巨大《きょだい》な黒竜《くろたつ》巻《まき》と化し、立《た》ち上《のぼ》る黒煙《こくえん》と一つになって上空へ上空へと昇《のぼ》り、どこへともなく消えていった。

そのうずからこぼれ落ちた者らが数羽、ドサリッ、バサリッ、とリリコの足もとに落下した。

「ああ、いやだいやだいやだ！　きらいきらいきらい！」

肩《かた》で大きく息をしながら、リリコは足もとに落ちた黒いカラスたちをさげすむように見た。その目の片《かた》すみに、石炭の取り出し口につき立ててあるシャベルが映《うつ》った。

リリコはその柄《え》をむんずとつかむと、運転席のとなりにある、黒い鉄の小さなとびらを思いきって開けた。そのとたん、火室《かしつ》からボワオウッと真っ赤なほのおが飛び出し、まつ毛をこがしそうになって顔をそむけた。でもひるまない。リリコは落ちたカラスたちをシャベルですくい、ドサッ、ドサッと勢《いきお》いよく火の中にくべた。死んでいたのか、気を失っていただけなのか、そんなことはどうでもよかった。

「あんたたちなんかみんなきらい！」

でも「あんたたち」というのが、ほんとうにこのカラスたちのことなのか、それともほかのだれかのことなのか、リリコはよくわからなかった。よくわからないままやみくもに手を動かした。燃《も》えろ燃《も》えろ、どんどん燃《も》えろ……。どんどん燃《も》えれば汽車もどんどん走るだろう。

……そうよ、この汽車、もっともっと走ればいいのよ！　広場をぐるぐるするのはもうたくさん。こんなとこぬけ出して、もっと遠くへ行けばいいのよ！　どんどんどんどんどん行けばいいのよ！

「……あ、そうだ……」

リリコは、取り出し口にあふれた黒い石炭のほうを向くと、ジャクッと大きくシャベルをつきさしてすくいあげ、くるりと身をひるがえし、火室《かしつ》の口めがけて、燃《も》えるカラスの上にザーッと投げ入れた。もう一度、ジャック、ザーッ！　もう一度、ジャック、ザーッ！

ジャック、ザーッ！

ジャック、ザーッ！

リリコは一心不乱《いっしんふらん》に石炭をくべた。それにこたえるように、ぼんぼんと火力は増《ま》し白いけむりは黒ずんで、汽車はずんずん速度《そくど》をあげた。肩《かた》がとうとうだるくなり、リリコはシャベルをおろすと、バンッと火室《かしつ》のとびらをしめた。スーッとした。リリコは炭水車をこえて客車にもどった。

座席《ざせき》にすわり、ふたたび扇子《せんす》を持ったリリコの胸《むね》はまだ高ぶっていた。あのカラスたちにさえ立ち向かい、蹴《け》散《ち》らしたなんて。自分がこんなに強かったなんて。

リリコは顔をあげ、あらい息をおさえながらことさら上品に扇子《せんす》を動かした。

快感《かいかん》と自信がからだのすみずみに行きわたっていくようだった。

ごとっガタッごとっガタッ。シュッシュッ。

石炭をくべたせいだろうか。汽車は速度をあげ、一回ぐるーりと大きく円を描《えが》いて広場を回ったあと、真っすぐにまたあの柱の並《なら》ぶ白い建物のほうへともどり、ふたたび建物に沿《そ》って走り始めたのだった。あの絵の奥《おく》のほう、目をこらしても見ることのできなかった、つきあたりのどこかへ向かって――。

めずらしい蝶《ちょう》の扇子《せんす》が生み出すたおやかな風をほおで受け止めながら、手すりに巻貝《まきがい》のような彫《ほ》り物《もの》がしてあるビロード張《ば》りの座席《ざせき》に足をのせ、広げたネグリジェの下でなめすわりをしていると、何だか貴婦人《きふじん》にでもなったような気がした。

しばらくの間、リリコは得意《とくい》だった。

ごとっガタンッ……ごとっガタンッ……。

ワカッテルッ……ワカッテルッ……。

それからリリコは退屈《たいくつ》した。

（スーキーったらいったいどこに行っちゃったんだろう？　だけどあの女の子、

ほんとにスーキーだったんだろうか……）

そのときとつぜん、**プオーップオーッ**と、かん高くふくらみのある音があたりに鳴りひびき、リリコは座席《ざせき》の上で思わず背《せ》を立て、からだをこわばらせた。

（汽笛だ。どうしたんだろう？）

いったいだれが鳴らしたんだろう……といぶかるまもなく車内に白熱灯《はくねつとう》が点《とも》り、同時にゴオオオオオオオッという轟音《ごうおん》をたてて、汽車は闇《やみ》の中にもぐりこんでいった。トンネルに入ったのだった。

9

白樺《しらかば》の林

（そういえばあの絵、奥《おく》のつきあたりのところでこんもりした何かだった。あれってトンネルだったんだ……。じゃあとうとう……）

そう。それはつまり、絵には描《か》かれていない黄色い通りのつきあたりの、さらにその向こうへ入りこんだということにほかならなかった。

長い長いトンネルだった。

真上に昇《のぼ》りつづけていたけむりも頭をつぶされ、トンネルの中でもくもくとうごめく。

ゴゴオ――――ッ、ゴゴットンゴゴットンッ……。ゴゴットンゴゴットンッ……。

先ほどまでとは少しリズムのちがう轟音《ごうおん》のこもる中、黒ぐろとした右側の窓《まど》を見やって、リリコはぎょっとした。だれがいつかけたのだろう。ガラスに肖像画《しょうぞうが》

がはりついていたのだった。立派《りっぱ》な金色の額縁《がくぶち》の中には豪華《ごうか》な青緑の扇子を手にした貴婦人《きふじん》のような人が描《えが》かれていた。何歳《なんさい》くらいか知らないが、退屈《たいくつ》そうな、いばったような気取った大人の女の人だった。

（いやな感じの人）

リリコは闇《やみ》をバックにした肖像画《しょうぞうが》を見つめながら、想像《そうぞう》をふくらます。

（……きっときれいに描《か》いてちょうだいって注文を出したんだ。でもできあがるたびに気にくわなくて、〈もっときれいに描《か》き直《なお》してちょうだい！〉って描《か》き直《なお》してもらったの。で、やっとできあがったのがあの絵なんだわ。〈まあいいことにしましょう。へっぽこ絵描《えか》きのモデルになるのもあきたわ〉なんて言って終わりにしたの。だけど画家は、あの人のいやな性格をちゃんと描《か》いてみせたの）

リリコは自分の空想《くうそう》に満足して、トリバネアゲハの扇子《せんす》を口にあてて、くすっと笑った。

そのとき、いきなりぱっと光が差しこみ、車内の電灯が消えた。

ついにトンネルを出たのだった。

「……あ！」

まぶしいほどの白と黄色がいきなり目に飛びこんだ。深い秋の白樺《しらかば》の林だった。すぐわきの左の窓《まど》からは、さっきまでの白い柱が姿《すがた》を変えたかのような白い幹《みき》が線路沿《ぞ》いにずっとつづき、右の窓《まど》からは――ガラス窓《まど》にあった肖像画《しょうぞうが》はどこへ消えたのか、もう影《かげ》も形もなかった――線路からかなりはなれたところに、白樺林《しらかばりん》がずらっと連なっているのが見えた。どの木も黄色い葉をぬうようにしてこずえの形がのぞいており、線路からそこまでの地面は、黄色のじゅうたんをしきつめたように真っ黄色だった。

枝をかざる葉の黄色も、地上の黄色も、陽を受けてきらきらとかがやいていた。

（……落ち葉だったんだ……）

リリコは目をこらして地面を見てみて、一面の黄色が、みな、散りしいた白樺《しらかば》の落ち葉だったことにようやく気づいた。ちょうど半分ほどの葉が落ちたところなのだろう。上下の黄と黄にはさまれて、白い幹《みき》が何本ものたて線のように見えた。同じ白や黄色ではあっても、自然らしさのまるでなかったさっきまでの街とちがい、この景色はなんとすがすがしく新鮮《しんせん》に見えることだろう。

白樺《しらかば》の列を見つめているうちに、リリコの目に、〈スーキー〉と並《なら》んで歩いた学校帰りの秋の並木道《なみきみち》がうかんできた。

——列になった白い幹《みき》と黄色い落ち葉にうまった歩道、そして〈スーキー〉がしょっていた茶色っぽいランドセルの色が見えてくる……。

（そういえばあのとき、スーキーはあの道で本の話をしたんだった……）

大切なないしょ話でもするように〈スーキー〉はひとことひとこと言葉をつなぎ、リリコは耳をかたむけながら、そのひとことひとことを心の中で絵に変えていったのだ。なぜかあの本は特別だった。

〈その子は水色の服を着た髪《かみ》の長い女の子なんだけどね、あかんぼの妹がいて、子守《こもり》をしてるの。おとうさんは海の向こうにいってるし、おかあさんはお庭のあずまやで、ぼうっとしてるから。——するとね、ちょっとよそ見をしたすきに、ゴブリンっていうちっちゃい悪者たちが窓《まど》から入ってきて、あかんぼをさらっていっちゃうの。そこで女の子は、黄色いマントをはおって、あかんぼを取りもどしに、その窓《まど》から外に飛び出すの。とっても勇敢《ゆうかん》で妹思いなの。でも飛び出してみるとね、女の子は、すごーくぶきみなどよどよしたぐんじょう色の空をどんどんどんどん飛んで、とってもへんな世界に行っちゃうのよ……。すごく変わってる、ふしぎな怖《こわ》い夢《ゆめ》に似《に》てる世界なの。でも女の子は、ゴブリンたちにはだまされないで、ちゃんと妹を連れて帰るの……。その本ってね、なんだかぜんぶ、かすんだ夢《ゆめ》に似《に》てるの。音楽が聞こえてくるみたいな……なつかしいみたいな……。そうだこんどその本、リリコちゃんも見て？〉

でも〈こんど〉はとうとうこないまま、〈スーキー〉は、引っこしていったのだった……。

白樺《しらかば》の林に目をこらしながら、〈スーキー〉が教えてくれたそのお話を、もう一度心でなぞっていたリリコは、やがて、記憶《きおく》の奥《おく》にたたまれていた遠いある日のことを思い出した。本の話を聞いたときには思い出さなかったというのに、今になってそれがうかんでくるのはふしぎだ……。

あれは、まだ小学生にならないころの冬だった。お父さんは長い出張《しゅっちょう》で留守《るす》。お母さんはキララを連れて、入院中のモル兄さんの病院に行っていた。そのときのモル兄さんの病気が何だったかはもう忘《わす》れた。ティルはお友だちの家におとまり。お手伝いに来てくれていた近所のおばさんも夕方で帰り、ウララとリリコは、二人で静かな夜をすごしていたのだ。

大好きなブタのぬいぐるみを〈遠くの公園〉の街灯の下に忘《わす》れてきたのを思い出したのは、二人きりで晩《ばん》ごはんを食べたあと、居間《いま》のカーテンの間から雪がちらつく外の暗闇《くらやみ》を見ていたときのことだった。昼間、おばさんと遠くまで歩いてお散歩に行ったとき、リリコはぬいぐるみをいくつか手さげ袋《ぶくろ》に入れて持っていき、おばさんがベンチで編《あ》み物《もの》をしてる間、一人で遊んでいたのだった。ぬいぐるみたちにかくれんぼをさせていたとき、ブタのトントは街灯の後ろにかくれたのだ。

〈どうしよう……。トントのこと、遠くの公園に置いてきちゃった……〉

口にしたとたん涙《なみだ》があふれた。

〈だいじょうぶよ！　あたしが取ってきてあげるから！〉

ウララは明るくそう言ってぱっとかけ寄《よ》ってきて、リリコの涙《なみだ》をぬぐってくれた。でも家に一人残るのだっていやだ。〈わたしも行く！〉とリリコが言うと、ウララはリリコにいちばん厚《あつ》いコートを着せ、首にマフラーをぐるぐる巻《ま》き、帽《ぼう》子《し》をかぶせ手袋《てぶくろ》をはめてくれた。ぜんぶ一人でもできたことだったのに。

そうして二人は手をつなぎ、ドキドキしながら静かに雪降《ふ》る夜道を歩いて〈遠くの公園〉をめざしたのだ。あれはないしょの冒険《ぼうけん》だった……。

ぐんじょう色に染《そ》まったひんやりした夜の公園で、街灯のまわりだけがぽうっと青白く明るみ、その中でちらつく雪が照らされていた。

〈きれいねえ！〉

とウララが白い息をはきながら言い、

〈うん！〉

とリリコは元気に答えた。

街灯の下にちゃんと身をひそめていたトントが見えたとき、寒いというのにからだが汗《あせ》ばみ、幸福な気持ちがじんわりこみあげてきたのを、リリコは、今、思い出した。

（街灯のあかりの中で降《ふ》ってた雪、ほんとにきれいだった……。それにあのときのウララ、やさしくて、勇敢《ゆうかん》だった……）

リリコは窓《まど》わくに置いた扇子《せんす》を手に取ると、焦点《しょうてん》のない目で白樺《しらかば》林を見つめながら、何ということもなく、ただあおぐ仕草をした。

そうしながらリリコは思っていた。絵の中の少女は、やっぱり〈スノーキー〉だったにちがいないと――。

そのとき、外で明るい色がゆれた。にわかに風が起こり、木という木から黄金《こがね》色の小さなハート形の葉がこぞってはなれたのだった。葉は、紙吹雪《かみふぶき》のようにちらちらちらちらと風におどりながら、やがて黄色のじゅうたんの上にさらにさらに積もっていった。

見つめるうちに、黄金《こがね》色の舞《まい》は、いつしか銀色の舞《まい》になり、白の舞《まい》になり、やがて降《ふ》る雪に変わった。街灯の下で舞《ま》っていた、あのときの雪のように……。

10　夜汽車

トナカイの角のようにこずえの形をすっかりあらわにした白樺《しらかば》の枝えだは、今は葉のかわりに雪を積もらせ、黄色かった地面はどこもかしこもみるみる白にぬりかえられていった。

ごとっガタンッ……ごとっガタンッ……。

ィキッテミッ……ヮカッルコッ……。生きてみて……わかること……。

（ワカッテルッ……ワカッテルッ……）

無意識《むいしき》のうちに口の中で音をかき消しながら、ゆれの中でリリコは窓《まど》にはりつき、白い木々の間でおどる丸い雪のひとひらひとひらを食い入るように見つめてハアッと息をついた。冷たいガラスが息の形にまあるく曇《くも》る。リリコは席を立って右側の窓辺《まどべ》まで行くと、そこからも外をながめた。

降《ふ》りつづけていた雪はやがてまばらになり、いつしかすっかりやみ、しんと静かな光景が広がった。

雪原の向こうに、白い林が横広がりに連なりながら、隊列《たいれつ》のように奥《おく》深くずうっとどこまでもつづいている。なんと広大な景色だろう……。するとそのずっと奥《おく》の林の間がじょじょにすみれ色に変わってきたのがわかった。まるで美しいオーガンディーのベールが森の奥《おく》からにじみ出てきてあたりを染《そ》めていくかのよう……。すみれ色はだんだん手前に押《お》し寄《よ》せ、それにつれて、薄紫《うすむらさき》に、それから紫《むらさき》にと色を増《ま》し、やがて一面が濃紫《こむらさき》に染《そ》まり、あたりは夜のとばりにすっぽりと包まれた。

そのとたん車内の白熱灯がまたぽっとともった。

壁《かべ》という壁《かべ》をおおう青緑と黒の羽がオレンジ色の弱い光にかがやく。

リリコはとまどい、心細くなりながら、座席《ざせき》にもどってそっと腰《こし》かけた。すると、たった今までそこから外をのぞいていたはずの右側のガラス窓《まど》には、外の暗がりを背景《はいけい》に、またさっきの貴婦人《きふじん》の肖像画《しょうぞうが》がうかびあがったのだった。

不機嫌《ふきげん》で傲慢《ごうまん》そうな女の人は、への字の口で正面をにらみながら表情《ひょうじょう》をこおりつかせていた。

（なんてやな人だろう。あんな人の顔、見たくない……）

リリコは目を閉《と》じた。

汽車はひたすら真っすぐ走りつづける。

ごとっガタンッ……ごとっガタンッ……。

ィキッテミッ……ヮカッルコッ……。

（ワカッテルッ……ワカッテルッ……。ワッテルッ……ワッテルッ……）


少し眠《ねむ》ったのだろうか。

しばらくして目を開くとどうだろう。車内はほの暗く、リリコは、白いクロスのかかったテーブルについているのだった。向かい合った座席《ざせき》との間に、いつのまにかテーブルがしつらえられていたのだ。テーブルの上には笠《かさ》のある古風な電気スタンドがともり、赤い花をさした銀の一輪ざしが置かれ、リリコの前に水色の飲《の》み物が注がれたグラスが用意されていた。

「わあ……」

〈スーキー〉が話してくれたことがよみがえる。あの話のとおりだった。

あれはいつだったろう。

〈リリコちゃん、食堂車に行ったことある？　あたし、一回だけ行った。あかりがぼうっとして、テーブルには白いテーブルクロスがかかってて、銀色の小さな花瓶《かびん》に小さな花がさしてあるの。夜汽車だったから、晩《ばん》ごはんを食べたの。わたしはオムレツ。もっとおそくなると、パブの時間になるんだって。パブってよく知らないけど〉

〈ふうん……〉

それ以来、夜汽車の食堂車はリリコのあこがれだった。しかもどうやらここは今、晩《ばん》ごはんのあとの〈パブ〉の時間……。

「……すてき……」

ごくせまい空間だというのに、すみのほうはかげっていて見えなかった。

と思うと、そのすみの暗がりからピアノの音がかすかに流れてきたのだった。

遠いところのわき水のように。それにつれて、古びたピアノとひき手の後ろ姿《すがた》がぼんやりとうかびあがる。薄紫色《うすむらさきいろ》の上着をざっくりはおり、銀色の髪《かみ》を無造作《むぞうさ》に束ねた年配の人らしい女のピアノひきだった。すぐそこの一角でひいているはずなのに、まるで望遠鏡で見ているような距離《きょり》を感じる光景……。

ぽろん……ぽろろん……ぽぽぽぽぽろん……。

ぽろっぽぽろろん……。

リリコはグラスを手もとに引《ひ》き寄《よ》せて、水色の液体《えきたい》をすすった。ペパーミントの炭酸水《たんさんすい》が、鼻とのどをつうんと刺激《しげき》する。たしかに、古びたパブにいるような気分だった。想像《そうぞう》にすぎないけれど。

ピアノに合わせるともなく心でメロディーを追っていたリリコは、ほどなく、あっ……と声をあげた。

（この曲知ってる。ええと……ええと……あ、わかった。スーキーが口笛で吹《ふ》いてた！　あの夏の遠足のとき……）

二年生の行き先は湖だった。列になってくたくたになるまで歩きに歩き、とうとう着いた先には、きれいなきれいな水色の水を豊かにたたえた湖が平らに広がっていて、きらきらしていた。

湖畔《こはん》に立つ大きな木の下でお弁当《べんとう》を食べたあと、〈スーキー〉と手をつないで前後に大きくふりながら、岸辺に沿《そ》って草の上を歩いていたとき、〈スーキー〉が不意に口笛を吹《ふ》き出《だ》したのだ。

〈ピピププーピピプーピピプー〉

子どもがこんなにうまく口笛を吹《ふ》けるなんて思ってもいなかったから、リリコは足を止め、ふっていた手も止めて、〈スーキー〉のとがらせた口もとをじっと見つめ、自分も合わせて吹《ふ》こうとしたのだ。あのころはまだ口笛が吹《ふ》けなくて、息がフーフーもれただけだったけれど。

そう。そのときの曲がこれ。

ピピププーピププー……ぽろろんぽろろん……ピピププー……。

雪をかぶった夜汽車の中、うす暗いパブのようなところにいながら、リリコは今、水色の湖と、緑の草原で口笛を吹《ふ》いていた〈スーキー〉を思っていた。ああ、あれは何とすがすがしくさわやかな日だったろう！

ふと目を落とすと、両手で押さえたグラスの中の水色が、電気スタンドのほのかなあかりを映《うつ》してきらきらと光りながら目の中に広がった。まるで陽《ひ》にきらめく湖面のように。あの遠足で訪《おとず》れた湖だろうか……？

ピアノの音色にひたりながら、その水色にじっとみとれていると、やがて、グラスの中の湖には、色とりどりの水着を着た人々が降《ふ》り注《そそ》ぐ太陽の下で楽しそうに水遊びをし、あるいは湖畔《こはん》でくつろぐ姿《すがた》がゆらゆらとうかび始めたのだった。どうやらあのときの湖とは別のところのようだ……。その光景は、じょじょに細部まで見分けられるほどくっきりしてきた。やかましさやにぎわいはなく、おだやかな午後の水辺の楽しさだけが伝わってくる。水のはねる音や子どもたちのこもった笑い声が、幸福感そのもののように、グラスに反響《はんきょう》する。

リリコはほほえみながら湖に見入った。

人々から少しはなれたところにのびた突堤《とってい》では、一人のたくましい青年が、今、パシャーンと水に飛びこんだところだった。腕《うで》を大きく回し、白い水しぶきを形よくあげながら湖の中ほどまで泳いだあと、今度はゆうゆうと背泳《せおよ》ぎで岸にもどり、水からあがると、草の上に腰《こし》をおろした。

リリコは彼《かれ》にぐうっと目を近づけた。

まだあらい息をし、水のついたまつげで、ぱちぱちとまばたきしながら遠くを見ている小麦色の横顔は、モル兄さんだった……。

〈えっ……モル兄さん、泳ぐようになったんだ！〉

あれはいつのことだったろう。居間《いま》のソファーにもたれてレースの編《あ》み棒《ぼう》を動かしていたお母さんが言った。

〈お医者《いしゃ》さまが水泳をなさいっておっしゃるんだけど……〉

正面にすわったモル兄さんが新聞から顔もあげずに返事をした。

〈ぼくはごめんこうむります〉

〈そうよねえ……〉

少しばかり雨にぬれただけで、モル兄さんがあっさり肺炎《はいえん》になったことを思えば、わざわざずぶぬれになる気にはなれなかったのだろう。すると、そばのテーブルで雑誌《ざっし》をめくっていたウララが口をはさんだ。

〈やればいいじゃないの。兄さん、ふにゃふにゃしてかっこう悪いわよ〉

〈余計《よけい》なお世話だ。おまえとちがってすることはいっぱいあるんだ。バタバタやってるひまがあるかって〉

ウララはソファーのほうに顔をふり向けて声に力をこめた。

〈健康になれば、したいことをずっとやってられるんじゃないの。だから言うの

よ〉

〈わかった口をきくなよ〉

モル兄さんはそれだけ言うと、新聞をばさっとたたんで、やせた背中《せなか》をかがめて居間《いま》を出ていった。

ウララはお母さんを横目でにらみ、それからテーブルの向かいで雑誌《ざっし》をさかさまからながめていたリリコに向かって、

〈まるでコリンそっくりだと思わない？〉

と、やつあたりのように言った。

『秘密《ひみつ》の花園』に出てくる少年、コリンは、自分はからだが弱いから死ぬのだと思いこみ、ベッドに入ったままわがままいっぱいにふる舞《ま》い、すぐにかんしゃくを起こすのだ。

〈でもコリンはいい子になるし、最後には元気になるよ〉

リリコの言葉にウララは白い陶器《とうき》みたいな首をかしげて、〈ふん、お話だもの〉と言ったことをリリコは思い出す――。

湖畔《こはん》にすわり、立てた膝《ひざ》の上で腕《うで》を組む青年を目を細めてながめながら、リリ

コはつぶやく。

〈……今見えているものも、お話なんだろうな……〉

でもまだ髪《かみ》をぬらしたまま、明るい陽《ひ》ざしの中で顔をあげ、ちょっとまぶしそうにまゆをしかめるモル兄さんのはつらつとした横顔をじいっと見ていると、あまりにも自然で、あの居間《いま》でのやり取りのほうが、古いお話の一場面のような気がしてくるのだった……。もしかすると、そうなんじゃない？　こっちがほんとうだったんじゃない？　だってこんなにあたり前そうにしてるもの。それともこれは、モル兄さんのあこがれだったんだろうか……。けっして口にはしないけれど……。モル兄さんもコリンみたいに変わるのかもしれない……。

リリコはわからなくなってきて、湖をたたえたグラスから顔をあげ、暗がりのピアノひきに目を移《うつ》した。

するとピアノひきのやせたからだは、いくらか輪郭《りんかく》がぼやけ、小柄《こがら》になり髪《かみ》も色づいて、少女らしい後ろ姿《すがた》に変わったのだった。中学生くらいだろうか。それは見なれた後ろ姿《すがた》にどこか似《に》ていた……。

ポポポポポッ……ジャジャンジャーン！

いつのまにかちがう曲になっていた。だれのかはわからないけれど、だれだれのソナタとか、そういうものだ……。

（……あれっ？　……えっ？　キララなの？　ほんとに？　なんか大きくない？　でもじゃあ、さっきまでの人は？……）

見ると、その背中《せなか》はひくひくとふるえているのだった。鼻をすする音がかすかに混《ま》じる。それでも少女はからだをふるわせながら、ひきつづける。

（泣いてる……！）

いつもほめられ、おどろかれ、だいじにされ、期待され、だからこそ自信に満ち、夏の太陽みたいにギラギラと強くて堂々としているキララ。〈才能《さいのう》〉があるっていう言葉を、うんと小さいときからくり返し何度も聞いたにちがいないキララ。〈才能《さいのう》〉さえあれば、困《こま》ることなんか何もないんだと思っていた。じっさい、キララはピアノのことで困《こま》ったことなんか、これまで一度だってなかったはず……。

リリコはしゃくりあげながら指を動かす少女のかがめた背中《せなか》をまじまじと見つめながら、どうしてキララが五年の自分より大きいんだろう……と思ったり、立っていって肩《かた》に手をのせてあげなくちゃ……と思ったりした。でもこんなに近いのに、とても遠くにいるみたい……。

けれどもう一度しっかり目をこらすと、ひいていたのはやっぱりさっきの年配の人だった。束ねた銀髪《ぎんぱつ》がゆれている。

でもすすり泣いてなどいず、むしろ満たされているように、なめらかにからだをゆらしながら、時おり高音の鍵盤《けんばん》に腕《うで》をのばす。ゆったりした上着のそでからのびた細い手首のやさしそうなこと……。その指先から、〈スーキー〉が吹《ふ》いていた、あの口笛のメロディーが、さっきよりもっと軽快《けいかい》なリズムにのって真珠《しんじゅ》の小粒のようにあふれて出てくる……。リリコの心にすうっと染《し》み入《い》るやさしいそよ風のような音……。

そのメロディーの中で、テーブルの上の一輪ざしとグラスが消え、古びたピアノとピアノひきの姿《すがた》もまた霧《きり》が消えるように消えていった。がらんとした白布のかかったテーブルだけが残り、ピアノひきのいた奥《おく》まったほの暗い一角のかわりに、もうぴくりとも動かないトリバネアゲハでうめつくされた青緑の壁《かべ》があらわになった。

ピンでちくりとさされたようなかすかな痛《いた》みを、リリコは覚えた。

ごとっガタンッ……ごとっガタンッ……。

しばらく忘《わす》れていた車輪の音がふたたび聞こえ始める。

イキッ・テミッ……ワカッ・ルコッ……。

イキッ・テミッ……ワカッ・ルコッ……。

うち消す言葉をつぶやこうともせずに、左の窓《まど》から外の暗《くら》闇《やみ》に目を転じると、汽車のあかりにぼんやり照らし出されていた白《しら》樺《かば》の冬木立はすっかりまばらになっていて、やがて少しもりあがった夜の雪原の向こうに、小さな宝《ほう》石《せき》のようなあかりがいくつも灯《とも》っているのが見えたのだった。

11　遠いあかり

リリコは思わず窓《まど》ガラスに張《は》りついた。夜、カーテンのすきまから外をのぞくのが好きなリリコには、それが家いえに灯《とも》るあかりだということがすぐにわかった。しんと静まり返った雪の中の集落にオレンジ色の光が点てんと連なり、それぞれの屋根の輪郭《りんかく》をうすずみ色の空に黒く描《えが》き出している。

（村があるんだ。そうか、あんなところにも人が住んでたんだ……）

その一つ一つのあかりの中に、それぞれの住人がいて、それぞれのよろこびに笑ったり、悲しみになげいたりしているのだと思うと、リリコの胸《むね》は、なぜかぎゅうっとなった。

どれか一つのあかりのもとには、きっと五年生くらいの女の子もいるだろう。宿題をしているかしら？　そっと日記を書いているかしら？　それともほおづえをついて、窓《まど》の外を夜汽車が通りすぎていくのをぼんやりながめているかしら？〈あの汽車にはわたしくらいの子も乗ってるのかな、どこまで行くんだろう……〉なんて考えながら……。

（……あ、これってスーキーが言ったのよ。そう、食堂車のことを話してくれたのと同じときに。〈遠くを夜汽車が走ってるとね、わたしくらいの子も乗ってるのかな、どこまで行くんだろうって、思うの〉って……）

そのとき、暗がりの雪原の中にぽうっと明るく、まるで雪に映《うつ》した幻燈《げんとう》のように、こちらを向いたおかっぱ髪《がみ》の少女がうかびあがった。

そこはどうやら居間《いま》というよりは台所のような場所で、少女はカーテンのない出窓《でまど》に勉強道具を広げたまま、髪《かみ》のひとふさを指先でねじったりしながら、放心したように外を見ているのだった。背後《はいご》には家族らしい人々の姿《すがた》がある。声はいっさい聞こえず、うごめくのがわかるだけだ。男の子たちが二、三人、木の床《ゆか》で子犬のようにじゃれ合い、むき出しの木のテーブルでは飲んだくれた様子の父親が大きなジョッキをあおり、ほつれ髪《がみ》の太った母親がズボンにつぎをあてていた。壁《かべ》ぎわのいすには着ぶくれたおばあさんがすわり、ひじ付きのいすの中にはたいそう年老いたおじいさんがうもれていた。どちらも少しも動かず、おばあさんは手を結んでうつむき、おじいさんは歯のないような口を閉《と》じ、いすのひじをにぎったまま虚空《こくう》を見つめている。じゃれている小さな子以外はみな無表情《むひょうじょう》だった。

と、いきなり父親が立ちあがったと思うと、少女の横面《よこつら》をなぐりつけた。

「キャッ!」

リリコは思わず顔をゆがめ、首をすくめて声をあげた。

その子はぶたれたほおを押《お》さえて父親をにらみつけたあと、きっと前を向き、くちびるをぎゅうっと結んだまま、せっかちに何度も髪《かみ》を耳にかけながら鉛筆《えんぴつ》をにぎりしめ、いきなりうつむいて字を書き始めた。ぼんやりしていたのを見とがめられたのかもしれなかった。——いや、そうではなさそうだ。母親がつくろい物をテーブルに放ると、おそろしい形相《ぎょうそう》で父親をにらみつけ、腰《こし》に巻《ま》きつけた小《こ》袋《ぶくろ》から小銭《こぜに》らしきものを取り出して少女のところまで行ってつき出した。

少女は目の前の小銭《こぜに》をじっと見つめたあと、引ったくるようにつかんで、窓《まど》の前から消えた。

立ちあがったときの少女の顔が、怒《いか》りと憎《にく》しみと父親への軽蔑《けいべつ》で引きつっていたのを、リリコは見のがさなかった。

雪に映《うつ》ったまぼろしはそれきり消えてしまったが、ごく短い一場面だったにもかかわらず、そこで起こっていたことを、リリコはふしぎと理解《りかい》することができた。飲んだくれの父親に、ツケでお酒を買ってこいとおどされたのだ。もう飲《の》ませたくないし、たとえツケだろうとお金を使いたくないし、冬の夜、出ていきたくもない少女は、なぐられても無視《むし》したのだけれど、また娘《むすめ》がぶたれるのを見こした母親が、仕方なしに、せめてお金をわたしたのだ。

あれがあの子の家だと思える、遠い一つのあかりを、リリコは見つめつづけた。

（そう。あのあかりがそう。それにきっと思ってたわ……。〈あの汽車にはわたしくらいの子も乗っているのかな……どこまで行くんだろう〉……って）

リリコの想像《そうぞう》はさらにつづく。

（それに、きっとこうも思ってた。〈わたしもいつかきっと汽車に乗ってどこかへ行くんだ。こんな家、早く出て、どこかに絶対《ぜったい》行くんだ〉って）

すっくと立ったときの少女は、やせていたが上背《うわぜい》があり、威厳《いげん》さえ感じさせる勝気そうなするどい目には、あこだれをいっぱいたたえていた。

なぜかリリコはその目を知っていた。

（あの目、だれの目だっけ？　クラスの子じゃないし、別のクラスの子かなあ……ええと……ええと……でも学校のだれかだと思うの……）

しばらく考えたあと、リリコは、あっと思った。ティルの担任《たんにん》の先生だ……。

あの子はあの出窓《でまど》で勉強し、なぐられながら走り使いをし、夜汽車をながめ、心を怒《いか》りと憎《にく》しみと悲しみと、そしてあこがれとでいっぱいにしながら、ついに家を出て、町の学校の先生になったにちがいない。いつも青緑の服に黒いベストをきちんと着て、髪《かみ》を引っつめ、胸《むね》をそらし、意地悪く生徒を罰《ばっ》するティルの担《たん》任《にん》の先生に……。

ごとっガタンッ……ごとっガタンッ……。

イキッ・テミッ……ワカッ・ルコッ……。

視線《しせん》を車内にもどしたリリコの目に、いやが応《おう》でも、壁《かべ》一面にかけられた青緑に黒い縁のある蝶《ちょう》たちの死骸《しがい》が飛びこんできた。

リリコは、心がざわざわと不穏《ふおん》にうごめくのを覚え、テーブルの上の扇子《せんす》をぐいっとはじに押《お》しやった。

窓《まど》ガラスにかかったままだった貴婦人《きふじん》の肖像画《しょうぞうが》は、不機嫌《ふきげん》で傲慢《ごうまん》そうで、でも心なしか、目がおどおどして見えた。

(あの人、やっぱりきらい……。だれなんだろう……)

そしてリリコは、雪に映《うつ》った少女のことを考えた。ティルの先生のことを……。

(もしあの子があの先生を見たら、きっときらいになると思う……。情《なさ》けない気持ちになると思う。だってあの子、あんな先生になりたかったはずがないもの……。あの先生、自分を変えられないのかしら……。ほんとうになりたかった先生に……。じゃないとあの子がますますかわいそう……。変えるのは無理《むり》なのかしら？　でも変えられないはずがあるかしら……)

リリコは汽車のゆれを感じながら、目を閉《と》じて眠《ねむ》った。

12　バラ色の歌声

ごとっガタンッ……ごとっガタンッ……。

ィキッ・テミッ……ヮカッ・ルコッ……。

リリコがうっすらと目を開いて窓《まど》の外を見やると、広い広い青みがかった空には、赤《あか》紫《むらさき》のうすい雲がたなびき、下にゆくにつれて朱《しゅ》色《いろ》の増《ま》す空が、切紙細《ざい》工《く》のようなぎざぎざぎざの黒い地平線で断《た》ち切《き》られていた。遠い先には森があるのだった。ぎざぎざは木々のこずえの連なりだ。白一面だった雪原がまだらに見えるのは、雪《ゆき》解《ど》けの証《しょう》拠《こ》だ。

(あ……あそこから日が昇《のぼ》るんだ……夜が明けるんだ……)

けれど、この世界の方位はまるで不《ふ》確《たし》かなのだった。いつのまにかどこへともなく日がしずんだように、またいつのまにか、どこからともなく、日が昇《のぼ》るにち

がいなかった。

案の定、日の出は見えないのに、赤紫《あかむらさき》の羽衣《はごろも》のような雲は地平線近くの朱色《しゅいろ》ととけ合い、いつしか拡散《かくさん》し、それにつれて青みがかった空は美しいバラ色に染《そ》まっていった。

「きれい……きれい……!」

リリコは腰《こし》をうかせると、思いきり両手を広げて窓《まど》の左右についたとめ金を力いっぱいつまんで、えいっと引きあげた。

「うわっ……」

がたっゴトンッ……という音がいちだんと大きくなると同時に、ひんやりした朝の空気が春の始まりのにおいを連れて流れこんできた。雪原は今や、枯《か》れ草色に変わり、ところどころに古い雪を置くばかりだった。

「ああ……いい気持ち……!」

窓《まど》から顔を出し、バラ色の空をあおぎながら思いきり空気を吸《す》いこむと、汽車のはくけむりのにおいといっしょに春先の土のにおいもつんと鼻をついた。

そのとき、清く美しい、〈善《よ》きもの〉とでも言うべき何かが心に染《し》みてくるのを覚えた。

(……あ、この感覚……。この感覚……何だっけ？)

いきなりえも言われぬ幸福感に満たされたリリコは目を閉《と》じた。

春のにおいと一面のバラ色がもたらすもの……。

(ああっ、あの春休みだ……！)

いっしゅんにしてリリコは、三年生にあがる前の、遠い春休みをからだで感じた。

(そう！　わたし、あのことをスーキーに話したくてたまらなかったの。スーキーはもういなかったし、手紙もどこに出していいかわからなかったから、話せなかったけど……スーキーに話したかったの……)

それはめずらしく、きょうだいだけで知り合いの別荘《べっそう》を訪《たず》ねた帰り道だった。行きは、同じ方向に向かう人の大型車に便乗させてもらい、帰りは自分たちだけでバスと汽車を乗りついでくることになっていた。一回乗りかえるだけの簡単《かんたん》なことだったのに、何かで道路が封鎖《ふうさ》され、乗客はバスから降《お》ろされて最寄《もより》の駅まで歩かされたのだった。乗客といっても、そもそもリリコたち五人しか乗っていなかった。

五人は荷物をしょい、春まだ浅い退屈《たいくつ》な田舎道《いなかみち》を、バスの運転手さんに教わったとおりにぞろぞろと歩いた。緊急事態《きんきゅうじたい》の中で、はじめは結束していたのに、やがてモル兄さんとキララが音《ね》をあげ、一両きりの汽車が近くの線路を走っていくのが見えたとたんウララがおおげさにさけんだ。

〈ちょっと！　今、汽車、行っちゃったよね！　あ、駅ってあそこじゃないの？

……どうしよう、こんど、いつ来るのよ！〉

〈もういやあ！〉

キララがいちだんと声を張《は》りあげ、

〈あの別荘《べっそう》は、二度とごめんこうむる〉

とモル兄さんが冷笑的に言った。ティルは道端《みちばた》の草を引っこぬき引っこぬき、先に行ったりおくれたりしながら、ずっとふざけて歩いていた。リリコは、ただ黙《もく》もくとついていった。

ようやくたどり着いた暗くがらんとした、戸のない古い小屋のような無人駅には、ベンチがいくつか並《なら》んでいた。どんな所でもいい、とりあえずすわりこみたかったみんなは、何かしら声をあげながらうす暗い駅舎《えきしゃ》にぞろぞろと入りこんだ。いちばん最初に気づいたのはだれだったろう。だれ一人いないとばかり思っていた駅舎《えきしゃ》の奥《おく》の暗がりに、麻袋《あさぶくろ》と見まごうようなごわごわした服を着た大きな人が、小山のように背《せ》を丸めてすわっていたのだった。

子どもたちは、ためらいながらも、それぞれ、その人から少しはなれた場所を選ぶともなく選んで荷物をおろした。キララはだまってウララの腕《うで》を取り、リリコも何となくティルのそばに寄《よ》った。

その人が、ぎろりと子どもたちのほうを見たとき、リリコはもう少しで〈きゃっ〉と言いそうになったのを覚えている。鳥の巣かと思うような真っ黒いもしゃもしゃの髪《かみ》におおわれた顔は陽《ひ》に焼けたように赤く、さらにすすけたように黒く、大きな目の白い部分だけがやけに目立った。大きな鼻、大きな口のはしからは、とがった犬歯がのぞいていた。

〈鬼《おに》〉が、ほんとうにそこにいるのだと思った。今よりずっと小さかったのだから、あの人をこわがったのも無理はないと思う。それまでに見たあらゆる人の中で、いちばんおそろしい顔をした人だったのだから。リリコは、心の中で、〈わたしたち、何もしません、だからどうか助けて！〉とさけんでいた。

そのときだ。

それはそれは美しい絹《きぬ》のような歌声で、その人がいきなり歌い始めたのだった。男だとばかり思っていたのに、その人は女だった。

歌声は、リリコの心に流れこみ、全身を内側から洗《あら》い清《きよ》めていくように感じたことを、今、思い出す。

ほかのみんなもその人に目がくぎづけになり、そして（たぶん絶対《ぜったい》に）みな、息を飲んだ。

鬼《おに》のような女の人は、真っすぐに前を向き、太いまゆの下の巨大《きょだい》な目をぎょろりとむいて、なめらかでやわらかな帯のような歌を歌っていたのだった。暗い駅《えき》舎《しゃ》に満ちるこの世のものとも思われない美しい歌声。春の気配の中、夜明けのバラ色があたり一面に広がっていくようだった。

気がついたら涙《なみだ》が流れていた。そっとウララを見ると、大きなひとみにもりあがった丸い涙《なみだ》が、下まつ毛をこえ、ほおを伝ってはらっとこぼれ落ちるのが見えた。そっとキララを見ると、キララのほおはもうぬれていた。リリコの後ろでごくりとつばを飲んだのは、モル兄さんだったろうか、ティルだったろうか……。
だれも動かず何も言わなかった。

（でもわたしたちは、あの同じときに、同じものを見、同じ声を聞いていた）

それからほどなく反対行きの汽車が単線のホームに入ってきた。

モル兄さんが上ずった声で、

〈そうだ、これに乗ろう。大きい駅までもどって急行で引き返せばいい〉

と提案《ていあん》し、四人はただうなずくと、ほんとうはまだ聞いていたい歌のひびきの中、駅舎《えきしゃ》を出てぞろぞろと乗りこんだのだった。

その人は、そこにすわったままずっと歌いつづけていた。きっとどの汽車にも乗るつもりはなく、あの駅と、あの駅で歌うことが好きなのにちがいなかった。

一両きりの小さな汽車はすいていて、あいた席はあったというのに、リリコとティルはドアのそばに立ったまま、何も言わずに外を見ていた。向かい合った席にすわったあとの三人も口を閉《と》じたまま、ただ、ごとっガタンッ……ごとっガタンッ……という音とゆれに身をまかせていたのだった。

どうしてだろう。あの人のことをきょうだいで話題にしたことは、ついになかった。でも、それぞれの心の奥《おく》に、あの人のことは、そっと大切にしまいこまれているにちがいなかった。どうして忘《わす》れることができるだろうか！

リリコは〈スーキー〉に話したかった。〈スーキー、あのね〉と……。

すっかり明けた新しい春の朝の草原をぬい、ずっとずっとのびていく金色の線路が、はるか先のほうでゆるやかにカーブしながら霞《かすみ》にけぶる森の中へとつづいているのが見えた。その光景が目の中でゆらゆらとゆらいだあと、丸い涙《なみだ》がリリコのほおを転がり落ちた。

13　手品

リリコはじっと座席《ざせき》に腰《こし》をおろしたまま、目をふせていた。ネグリジェ一枚《まい》のからだに、窓《まど》から吹《ふ》きこむ春風は冷たかったが、リリコはくちびるに力を入れこぶしをにぎってじっとたえた。

おそろしい形相《ぎょうそう》の女の人の歌声……父親にぶたれていた女の子……やわらかな背中《せなか》で軽やかにピアノをひいていた人……そして苦しそうに泣いていたキララ……はつらつとしていたモル兄さん……勇敢《ゆうかん》でやさしかったウララ……。移《うつ》ろう車窓《しゃそう》の風景とともにあらわれては消えたさまざまな光景……。遠い日の思い出といつの日かのさだかならぬまぼろしが、同じ重さでリリコの胸《むね》に積み重なる……。

リリコは胸《むね》が苦しくなり、息を急いだ。

ごとっガタンッ……ごとっガタンッ……。

ごとっガタンッ……ごとっガタンッ……。

ィキッ・テミッ……ヮカッ・ルコッ……。

生きてみて……わかること……。

(そうなのかもしれない……きっとそうなのかもしれない……)

そう思いながらあげた目に映《うつ》ったのは、壁《かべ》という壁《かべ》につきささった蝶《ちょう》たちの死《し》骸《がい》だった。ハッとしてそらした視線《しせん》の先、まだそこにある白いテーブルクロスの上では、青緑の扇《おうぎ》が羽を広げていた。しかも朝日のもとでよく見れば、白いテーブルクロスは、リリコが力いっぱい引きさいたあのうす布の切れはしにちがいなかった。

いくつもの光景があらわれては消えていったというのに、リリコがとらえ、息の根を止めた蝶《ちょう》たちは、色あせることさえなくリリコをぐるりと取《と》り巻《ま》いていた。差しこむ朝日が、美しい青緑の羽をかがやかせ、そのためにいっそう、はりつけにされた蝶《ちょう》たちの悲《ひ》惨《さん》さがあらわになる。目をふせると押《お》しつぶされた蝶《ちょう》と朝日を受けたテーブルクロスが白く光る。

(……わたし、どうしてこんなことをしてしまったんだろう。あのきれをどうしこそのまま窓《まど》から飛ばしてやらなかったんだろう……蝶《ちょう》が何をしたというのだろう……）

布《ぬの》を引きさいたときの腕《うで》のつっ張《ぱ》り、黒い背中《せなか》にぷすりとピンをさしたときの手ごたえ、まだ温もりのあるやわらかなからだをぎゅうっとふみつぶしたときに足の裏《うら》ににじんだ生あたたかい液体《えきたい》……。そのすべてが、今になってわらわらとよみがえった。スッとしたあのときの気持ちも胸《むね》の高ぶりも、はかないものだったと、今、思う……。

リリコは両手で顔をおおい、うずくまった。窓《まど》の外に青空が広がっていようと、春の小花をやさしくさかせる緑の草原が広がっていようと、リリコの心は深海の闇《やみ》にしずんだなまりのようだった。もう両のてのひらから顔を出すことなど、とてもできはしない。

（わたし、ずけずけした意地悪なことがいやでいやでならなかったし、みんなが気にしないようなことにだって傷《きず》ついて心を痛《いた》めてた……。なのに、どうしてこのわたしが、あんなことをしてしまったんだろう……）

リリコの胸《むね》は、石をつめこんだようにどんどん重たくなり、ほとんどつぶれそうになった。両手に顔をうずめたまま、リリコはぐるぐると思いつづける。

（……だって……悲しくて……情《なさ》けなかった……。いつもいないみたいに忘《わす》れられて。それにくやしかったの……。目立たなくてさえなくて何も上手にできなくて……。だからわたし、強くなりたかったの……。でもだからって……！）

リリコは、あれが夢《ゆめ》だったならどんなにいいだろうと思った。取り返しがつくのならどんなにいいだろうと思った。でも取り返しはつかない。リリコはテーブルにのった扇《おうぎ》の横にがばっとうつぶすと、声を殺して泣いた。

ごとっガタンッ……ごとっガタンッ……。

汽車は左右にゆれながら朝日の中の草原を走りつづけた。

そのときだ。

ガラリッと戸の開く音につづいて風が吹《ふ》きこみ、同時に、

「へーイ！」

という声がし、リリコは深い闇底《やみそこ》からうかびあがったように顔をあげた。

走りつづける汽車に、いったいどうやって飛び乗ったのか、黒いマスクで目かくしをした、怪盗《かいとう》か手品師《てじなし》のようなひょろりと背《せ》の高い男が、黒いマントを風に

なびかせたまま、テーブルの横に立っていた。

おどろきのあまり言葉を失ったままのリリコを尻目《しりめ》に、男は手袋《てぶくろ》をはめた指先で扇子《せんす》をやさしくつまみ、もう一方の手でテーブルクロスをさっと持ちあげると、すばやくその下に扇子《せんす》を差し入れ、一つせきばらいをした。そのときのにやりとした口もとが、親しいだれかを思わせる……。と、男がさっと布《ぬの》を取りはらったとたん、あったはずのテーブルはあとかたもなく消え、そのかわり、男の白い手《て》袋《ぶくろ》の上には、大きな蝶《ちょう》が一匹《ぴき》、すっくと羽を立てて止まっていたのだった。

「ああっ、生き返った……！」

リリコは目を見開き、思わずさけんだ。すると男が言った。

「よく見ろよ、リリコ」

「えっ？」

それは大人の声だったけれど、話し方はティルにそっくりだった。

「折り紙だよ、折り紙！」

男のてのひらにのっていたのは、青緑と黒のしま模様《もよう》の紙で折った蝶《ちょう》だった。

「スーキーが遊びにきたとき、この折り方、教えてくれたろ？　おれ、ずっと覚えてたぜ」

「えっ？」

リリコの机《つくえ》に色とりどりの折り紙を並《なら》べ、その上におおいかぶさるようにしながら、目を近づけて折り紙を折る〈スーキー〉のさらさらした髪《かみ》が光っていたのをリリコはいきなり思い出す……！

そう。そこにティルが図工で作った怪盗《かいとう》のような黒メガネをかけてやってきて、折り紙を見るや、二人に割《わ》りこみ、そのまいっしょに折ったんだった……。

〈スーキー〉は、リリコの知らない折り方をいろいろ知っていて、つぎつぎ教えてくれた……。ステゴザウルスのことは覚えていたけれど、蝶《ちょう》のことは忘《わす》れていた……。

リリコは男のてのひらをまじまじと見つめ、それからゆっくり目をあげて、ずっと上にある、しっかりした骨格《こっかく》の男の顔をぼんやりと見つめ、おそるおそる小声でたずねた。

「……ティルなの？　……大人になっちゃったの？　……どうしてそんなかっこうしてるの？　……悪い人になったの？　それとも手品師《てじなし》になったの？」

男は鷹揚《おうよう》にアハハハと笑うと、折り紙の蝶《ちょう》を口もとにあて、フーッと息を吹《ふ》きかけた。すると紙の蝶《ちょう》は手をはなれ、いったん天井《てんじょう》に向かってから高度をさげ、吹《ふ》きこむ風にあおられてか、くるーりとひとわたり車内を舞《ま》った。

するとどうだろう。折り紙の蝶《ちょう》につられたのか、壁《かべ》という壁《かべ》でクシャクシャカサコソという紙の音と、ピチンッ、ピチンッとピンがはじける音がし、しだいに音はだんだん大きくなり、まるで本物の蝶《ちょう》の羽ばたきそっくりにそこいらじゅうで折り紙がパタパタし、つぎつぎに壁《かべ》からはなれたのだ。けれど紙の蝶《ちょう》たちは床《ゆか》に落ちるより先に戸口からの風に吹《ふ》きあげられ、くるくると回転し、扇子《せんす》だった最初の蝶《ちょう》を先頭に、開いた窓《まど》から外へ飛び出し、遠い空のかなたへと去っていったのだった。リリコの目の前を順じゅんに横切り、流れていくリボンのようにつながり、そして最後に白いうす布をしたがえて……。

（……え？　ほんとはみんな折り紙だったの？　まさか、そんなはずない。わたしはトリバネアゲハをつかまえてピンでとめたし、足でふんだのよ……）

立ち去ろうとしていた男が戸口でふり向き、リリコの心を見すかしたように、リリコを指さしながら軽やかに言った。

「ハハハ！　夢《ゆめ》でも見たんだろ！　第一、捕《と》れるはずがないじゃないか。リリコの蝶捕《ちょうと》りの腕《うで》でさ！」

そして、「バーイ！」と手をふるなり、戸口からハラリと姿《すがた》を消したのだった。

リリコはぐるりと頭をめぐらせて、むき出しの木のかべを見回した。

（そうだったのか……。みんなただの紙だったんだ……。夢《ゆめ》ならいいのにってあんなにあんなに思ったとおり、トリバネアゲハは夢《ゆめ》で、ほんとうは紙だったんだ……。ああ、よかった……よかった……わたしはもう二度と、二度と、しない、あんなこと……）

犯《おか》したはずのおそろしい過《あやま》ちがまぼろしにすぎなかったと知ることの何という安堵感《あんどかん》！　……でも、ほんとうに？　ほんとうにあれは紙だったろうか？

（……ティルだ。ティルが救ってくれたんだ……）

窓《まど》の外に広がる春の草原をながめながら、リリコはティルのことを思った。

ティルはやんちゃでいたずら。それはきっとずっと変わらない。でもあの子はだいじょうぶなんだ。そう、ティルはきっときっとだいじょうぶ。……そしてわたしがほんとうにつらいときには、どこからともなくあらわれて、わたしの苦しみを減《へ》らしてくれるんだ……。ティルのやり方で。

(ありがとう……ティル……)

ごとっ、ガタンッ……。ごとっ、ガタンッ……。

さっきまで、はるか先にぼんやりと見えていた緑の森がぐんぐんと近づいてくる。のどかな春の午前中、客車を一両引くだけの蒸気《じょうき》機関車が白いけむりをはきながら、小花の咲《さ》く野原を横切っていく。金色の線路がゆるやかに弧《こ》を描《えが》きながら森の方へと近づいていく。

リリコは窓《まど》わくに頭をあずけ、明るく光る線路の先をながめながら、静かな心を静かなままに保《たも》とうと努めていた。ティルのおかげで罪《つみ》はあがなわれ、あんなにほーっとしたというのに、それでもまだ心に引っかかるものがあるのだった。

自分はまだほかにも何かした気がする。あの不安に満ちた黄色い広場をぐるぐる走っていたときに……勢《いきお》いにまかせて……。強くなった気分で……。ああ、でも何だったろう……。まるでおとといか、さきおとといの夢《ゆめ》を思い出せないように、リリコはそれを思い出せなかった。いや、ほんとうは思い出したくなかったのだ。懸命《けんめい》に記憶《きおく》をたどり、かすかな糸口が見つかれば、そこからするするとそれをたぐり寄《よ》せられる気がしないではないのだ。でもリリコはそれをおそれていた。だから息をひそめているのだ。何かのはずみでその苦さのもとを探《さぐ》りあててしまわないように――。

でも心の奥《おく》にひそんでいるのは、苦さだけではないのだった。それとはぜんぜん別のもの、思い出すと心がうっとりするほど貴《とうと》いものもひそんでいたのだ。けれど、それを思い出したとたん、苦さもいっしょによみがえる気がして、息をひそめてもいるのだ……。ああそれは何だったろう。

ごとっ・ガタンッ……。

ごとっ・ガタンッ……。

ィキッ・テミッ……ワカッ・ルコッ……。

生きてみて……わかること……。

そのときリリコは、はっとして耳をそばだてた。ゆれの音が、あの、夜ごとどこかからわき出してくる男声合唱団《がっしょうだん》の歌声のように聞こえたのだった。同じフレーズをくり返して歌の旋律《せんりつ》を支《ささ》える、川底の流れのようないちばん低いパート……。くっきりと聞こうとしてもどうしてもかなわなかった歌声の、さらに聞き分けがたい、うなり声のようなパートに、リリコは今たっぷりとひたることができた。

ィキッ・テミッ……ワカッ・ルコッ……。

ィキッ・テミッ……ワカッ・ルコッ……。

まるで大きなゆりかごでゆられているような心地よさを覚えた。

こんもりとした森が目の前にせまる……。

と、そのとたん、汽車はいきなり丸ごと緑にくるまれた。右の窓《まど》からも左の窓《まど》からも緑が見える。

「わあっ！　わあっ！」

思いきり上を見あげると、青空を背景《はいけい》に、重なり合ったうす緑色の細かな葉が、陽《ひ》をすかしてやわらかい影《かげ》を無数に作りながら、おだやかな風にゆれていた。そのこずえのところどころを白いけむりがベールのようにおおう……。

木肌《きはだ》のあらい堂々とした幹《みき》も、なめらかでつやのある幹《みき》も、みな天に向かってこずえをのばし、高く大きく枝えだを広げている。その枝という枝で、若《わか》わかしい葉が楽しそうにおどっている。深緑《ふかみどり》のとがった葉を重そうにいだく針葉樹《しんようじゅ》の枝先でもまた、新しいやわらかな葉は生まれ、黄緑色の模様《もよう》のように光っている。

「ああ、きれいだなあ……」

木々を、木々の緑を、リリコは初めてほんとうに美しく、そしてうれしいものだと感じた。

そのとき、汽車が速度を落とし始めたのがわかった。

長い長い旅が終わろうとしているのだ。

ごとっ……ガタッ……ゴゴ……ゴゴ……ゴゴ……。

キ――――。**……がったん**。

リリコのからだが前にのめり、汽車が止まった。

14 緑の森

リリコは座席《ざせき》を立ち、戸口を開けて外をのぞいた。

左側は線路のすぐそばまですきまなく木々が立《た》ち並《なら》び、しげった緑の枝葉が車体をかするほどだったが、右側には、リリコが立つ連結部のちょうど真下から、木立の間をぬって小道がのびていた。若草色の下草の中、そこだけふみしだかれて筋《すじ》になったかすかな小道で、森の奥《おく》へとずうっとつづいているのだった。長い汽車旅につかれたリリコの目をさそい、はだしの足を呼《よ》ぶように——。

行こうと決めたときには、もう足がひとりでに動いていた。リリコは、黒い汽車から草の上へと降《お》り立った。そしてたちまち、草の感触《かんしょく》が好きになった。やわらかでいて、わずかにちくちくと足裏《あしうら》をさす心地よさ。

リリコは、汽車のほうをふり向いて見ることすらせず、緑の小道に魅《み》せられ、

吸《す》い寄《よ》せられるように、一歩、一歩、ゆっくりと静かに進んでいった。なんという空気のさわやかさだろう。心の奥《おく》にしまっていた大切なあこがれのもとのようなものへと、一歩一歩ふみこんでいくようだった。

歩いてみると、それぞれの木と木の間は案外《あんがい》にあいていて、明るい陽《ひ》が短い草を照らし、くっきりした木々の影《かげ》を作っていた。枝を大きく張《は》り、緑の葉をこんもりとしげらせた太い木もあれば、やわらかそうな黄緑の葉をいだいたすらりと細い木もあった。大きな葉、小さな葉、とがった葉、丸い葉……。深緑、青緑、薄緑《うすみどり》、うぐいす色……。さまざまの葉やさまざまの緑が青空の近くでふれ合い、重なり合って、リリコの頭上に豊かな色と形の調べを描《えが》き出《だ》していた。

カサコソッという音にふり向けば、しっぽをのばしたリスが高い枝をわたっているところだった。思わず笑みがこぼれる。ココココッ……。ココココココッ……。軽やかで丸みのある槌音《つちおと》がひびきわたる。あれはキツツキ？　足を止めてこずえを見あげると、案の定、コゲラがいそがしく首を動かしていた。時おり休んでは落ち着きのない生徒のように後ろをふり向いたりしている。リリコはクスッと小さく笑う。

（あ、あれはきっとプンゲンストウヒ！）

ツリー型に枝を張《は》った銀色がかった青色の木は、名前のひびきが面白くてリリコがそれと言いあてられる数少ない木の一つだ。背丈《せたけ》の低い草原《くさはら》のところどころにはスミレが青くかがやき、スポンジ状《じょう》の傘《かさ》を頭にのせた小さなキノコが、家族のようにひとところに集まっていた。

（ああ、何て気持ちのいいところだろう……。わたし、このまま行こう。そっとそっとこのまま行こう……）

どこをめざすのでもない。ただ上を見あげて木々をながめ、青くさいにおいを吸《す》いこみ、小さな生き物たちの気配に耳をそばだてながら、細い緑の筋《すじ》が導《みちび》くとおり、ゆっくりと歩いてみたいとリリコは思った。

こんな森なら、置き去りにされたグリム童話の子どもたちも楽しいばかりだったろうに。たとえまよっても、それが何だろうか……。

そのとき、小道の先に何か黒いかたまりが落ちているのが目に入った。とたんにリリコの心にサッと暗い影《かげ》がさし、足がすくんだ。何かいやなこととつながっているような黒いかたまり……。何か思い出したくないことを思い出しそうな予感……。鼓動《こどう》が速くなる。

進むべきかもどるべきかわからず、リリコは立ち止まったまま指をかんだ。今の今までやさしく包んでくれていたはずの森が、ざわざわとうごめき、はだしの足の裏《うら》がぞわぞわしてくる。

（……どうしよう……）

リリコは初めて来た道をふり向いた。ところがついていたはずの小道は消えていて、どこも同じ草原《くさはら》と木立《こだち》が広がっているばかりだった。

（……どうしよう……）

まだ陽《ひ》は明るく差しているというのに、あたりはやけにさびしく何のあてにもならない……。前に進む小道はまだかろうじてつづいている。黒いものは動かない。

（……何か、落ちてるだけよね……ぐるっとよけていけばいいわ……）

リリコはおそるおそるふたたび足を動かした。顔をそむけながらも、その正体がわかるぎりぎりまでは、横目で見守らないわけにいかない。だれかがぬぎすてた黒い服かもしれないのだ。近づくにつれ胸《むね》がどよどよしてくる。

「キャッ！」

リリコはこおりつき、とっさに両手で顔をおおった。それはあおむけになって死んでいるカラスだった。二本の足をそろえて天に向けたまま、カラスはぐったりしていた。

その瞬間《しゅんかん》、すべてがどっとこみあげた。ああ、なぜ忘《わす》れることができたんだろう。カラスたちを石炭のように火室《かしつ》にくべたときのずしりとした感触《かんしょく》がありありとよみがえった——。

（そうだった！　ああ、そうだった……！）

リリコの頭の中で一気に吹《ふ》き出《だ》した記憶《きおく》とあのときの思いがうず巻《ま》いた。

——だってだって！　だってカラスたちがおそってきたのよ！　何もしないで席にすわっていたのに、うるさくさわいで汽車の窓《まど》を真っ暗にして、バサバサバサバサ、わたしを取り囲んで羽で顔をたたいてつつこうとしたの！　わたしのこと、すごくバカにして笑ったのよ！　それにわたし、汽笛を鳴らして追いはらおうとしただけだったの、ほんとうよ。それ以上のことなんて……。

——でも結局リリコは、それ以上のことをした。燃《も》えさかる火の中に、落ちたカラスたちを放りこんだのだ。放りこまなければならなかったのだろうか？　あのときのシャベルの重みがずしりと腕《うで》によみがえる。リリコはその場にしゃがみこみ、言葉を失ったままてのひらの中で首をふった。

（ああ、なんてひどい……）

そのとき、森の奥《おく》でカサカサと音がし、だれかがしだいに近づいてくるのがわかった。リリコはふと顔をあげた。

あらわれたのは、茶色の作業服を着た年配のおじさんだった。作業帽《さぎょうぼう》の下から、白っぽい髪《かみ》がのぞいている。おじさんは長い一本の棒《ぼう》で膝《ひざ》のあたりまでのびた草をかきわけながら近づいてきた。

「どうかしましたか？」

リリコは顔をそむけたまま、だまってカラスのほうを指さした。

「ああ、クロのやつ、またやってるな」

おじさんはやさしい笑いをふくんだ声で言い、「だいじょうぶですよ」とリリコに告げた。リリコがそっとそちらに目を向けてみると、しゃがんだおじさんが、ぐったりしたカラスを腕《うで》にだいていた。

「クロは死んだふりが得意なんです。よく森にやってきて、こうやって人をおどろかすんですよ」

「……え？　死んだふり？」

おじさんは、困《こま》ったやつだとでもいうようなやさしいまなざしで腕《うで》の中のカラスを見やりながら立ちあがった。

「群《むれ》の中にいるのがときどきいやになるらしく、そうするとこの森まで飛んできては死んだふりをするんです。ふざけながら休んでるんですよ。……カラスっていうのは、集まると、ついつい調子に乗って考えなしになるんですが、それが自分でふといやになるんですね。一羽一羽は、みんな遊びが好きで、りこうで、なかなかいいやつなんですがね」

カラスをだくおじさんをじっと見ていたリリコは、その光景がふと、遠いいつの日かの光景と重なるのを感じた。クロをだいている人……。よく似《に》た光景を見たことがある気がする……。一瞬《いっしゅん》、カラスに出会う前までの安らぎと心地よさがこみあげ、リリコは立ちあがった。

「……その子、クロっていうんですね……」

上ずった声のリリコの言葉に、おじさんは笑って答えた。

「ええ、でもいつも同じカラスが来るわけじゃないんです。入れかわり立ちかわり、いろんなやつがやってきては、こうやって死んだふりをするんです。そのみんなをクロって呼《よ》んでるんですよ、ぼくがね」

(そうなんだ。一人になって休みたくなるんだ……カラスたちは、だれでも……)

そのとき、

「ほおら!」

とおじさんが声をあげた。その腕《うで》の中で黒いかたまりがもぞもぞ動くのが見えたと思うと、パッとつばさを広げ、空に向かって飛び立ったのだった。カラスは青空をぐるりと元気いっぱいに旋回《せんかい》してから、「カカッカカッ、カカアッ」と笑ったように明るく鳴いて、姿《すがた》を消した。あの子となら仲良しになれただろう。

――群《むれ》の中にいるのがときどきいやになる……集まると考えなしになる……それがふといやになる……一羽一羽は、みんななかなかいいやつなのに……。

居間《いま》のソファーにいたおじさんたちやらクラスのみんなのことやらが、風に飛ぶ雲の影《かげ》のようにリリコの頭をさっとよぎった。

（あのカラスたちも、一羽一羽は、遊び好きでりこうでいいカラスだったのかもしれない……。いくらわたしが好きになれなかったとしても……）

でも自分がくべたカラスたちは、もうこうやってときどきこの森まで飛んできて、死んだふりをすることもないのだ。心がずしりと重くなり、リリコはうなだれた。

ふたたび棒《ぼう》をつかんだおじさんが、リリコをふり向いてたずねた。

「道はわかりますか？」

はっとして前のほうを見やると、真っすぐにつづいていると思っていた小道は、どの木々の下にでものびているようでもあり、消えているようでもあった。リリコは首をふった。

「ではお供《とも》しましょう」

二人は並《なら》んで森の中を歩き始めた。作業服を着こみ長ぐつをはいたおじさんの横を、ネグリジェのままはだしで歩いているというのに、そんなことは、なぜか少しも気にならなかった。

「この森のかたなんですか？」

　しずんだ声でリリコはたずねた。

「はい。ここで、木がそれぞれよく育つように、鳥も動物もそれぞれがよく育ち暮《く》らせるように、見ています。いつもいい森であるようにね」

　そのときリリコは、おじさんの声や口調が、ずっとずっと前にどこかで聞いただれかのものに似《に》ていると思った。森をぬって流れる小川のようにリリコの心に流れこみ安らわせる……。けれど安らぎを覚えれば覚えるほど、心の重さも増《ま》すのだった。みんながよく育ち暮《く》らせるように森を見ているおじさん……でもとなりにいる自分は、それと真反対のこと——育つこと暮《く》らすことを、つまり生きることをあのカラスたちからうばってしまったのだ。せまく不寛容《ふかんよう》な心のために。

　リリコはたまらなくなり、何度も苦しいため息をついた。

　しばらくだまっていたあとで、おじさんがいきなりさっきのつづきを話し始めた。

「でもそうは言いながら、ぼくが枯《か》らしてしまった森の一角もあるんですよ」

リリコはおじさんの横顔を見た。おじさんは前を向いたままおだやかな声でつづけた。

「若《わか》いころのことです。寒さにも、暑さにも、雪にも、嵐《あらし》にも、日照りにも、虫にも、動物にも、カビにも、病気にも負けず、どの木よりも酸素《さんそ》をたっぷりはきながら、曲がらず真っすぐにぐんぐん成長する、強く美しい木を作ろうと研究を重ねて、ついに成功したのです。成功したと思った、というべきなんですけどね。ぼくははりきって地ならしをし、一面に新しい苗木《なえぎ》を植えました。そのために、すでにあった木を、やむなく何本か切りたおしもしました。苗木《なえぎ》はおそろしい勢《いきお》いで大きくなり、それから、みんな枯《か》れてしまいました。まわりの木々まで巻《ま》きこみながらね。――前の森にもどすのが、ぼくの仕事の一つなんです」

「まあ……」

リリコはそれについてしばらく考え、そして言った。

「……でもそれは、苗木《なえぎ》の研究がうまくいかなかったということですよね？　もう一度、研究をなさらないんですか？」

おじさんは力なく笑って首をふった。

「しませんﾟ　そんな木を作ろうとしたことがまちがっていたんです」

「……まちがっていたんですか……？」

すばらしい話のように聞こえたのに……。

リリコたちを取り囲むように、少しずつ色調のちがうたくさんの緑がかがやいていた。リリコは思わずまばたきした。それぞれの木がそれぞれの形の枝をのばしながら、みな豊かに育っていた。そのような木として自然の中に生まれてきたとおりに、一本一本が空に向かって葉をしげらせていた。でもきっとそれぞれに弱い部分ももっているのだろう……。それをきらうばかりに、寒さにも暑さにも雪にも嵐《あらし》にも日照りにも虫にも動物にもカビにも病気にも負けず、どの木よりも酸素《さんそ》をたっぷりはきながら、真っすぐに、ぐんぐん成長する木を作り出そうとすること……それも人間の手で……。ああたしかにそれはどこかへんだ……。一回の失敗であきらめるとかあきらめないとか言う前に、やっぱりどこかまちがっている。そうリリコは思った。

「まちがったんです。いいことをするつもりで、ぼくはひどくまちがったんですよ」

おじさんはもう一度くり返した。近くのこずえを、キョロキョロッと鳴きながら飛びすぎていく小鳥の姿《すがた》を、おじさんは目で追った。

「……前の森にもどりそうですか?」

リリコはそっとたずねた。

「時間はかかるけれど、もどるでしょう。根こそぎにした木たちを元にもどすことはできませんけれどね……。まだまだ元気な木だったのに……」

おじさんにとって、それはどんなに重たいことだろうとリリコは思った。でも……とリリコはくちびるをかみ、言った。

「……いいことをしようと思って、それでまちがったことをしてしまったのは、悪意でしたこととはちがうのですもの……ご自分をあまり強く責《せ》めないでください……」

こんな大人のような言葉が自分の中から出てくるのがふしぎだった。でもそれがほんとうの気持ちだった。

おじさんは、リリコのほうに一度顔を向けてから、また前に向き直って静かに言った。

「……まだだれも作ったことのないものを作ろうという野心が、ぼくになかったわけではないのです。野心というのは、自分の心の小さな声を聞く耳をにぶらせるものなのです。ぼくはね、〈ほんとうにいいことなのか?〉という心の奥《おく》のささやきを聞き取ることができなかった。〈いいことをするのだ〉という心地よいひびきに耳をうばわれてね。……問われるのは、悪意だけではないのです」

ふみしめながら行く細い草の先端《せんたん》が、リリコの足裏《あしうら》をきりきりとさした。

リリコは空を見あげ、言わずにいられなかった。

「……手品師《てじなし》が来て、なかったことにしてくれたら、まちがったことなんか、一つもしなかったことにしてくれたら、そうしたらどんなにいいでしょうね! そんな木を作ろうとしたのが、ただの空想だったなら、どんなにいいでしょうね!」

そしてリリコは心の中で(死んだふりをするクロが飛び立ったみたいに、ほんとに死んだカラスまで飛び立つなら、どんなにいいだろう……)とつづけずにいられなかった。ティルのことが頭をよぎる。ティルはもう来てくれないのだろうか……。

おじさんは前を向いたまま静かに言った。

「そうですねえ……。そんな手品師《てじなし》が来てくれたら、それはどんなにいいでしょうねえ。そういうこともほんとうにあるのかもしれない。だれかが救いに来てくれることがね……。しかし、そうしてもらったために、まちがえたことを忘《わす》れてしまうとしたら、その人間にとって、それはほんとうの救いにはならないでしょう。だいじなのは、まちがえたことを忘《わす》れずにいることなのです。もうまちがわないために。……そして、またいつなんどき、まちがうかもしれないということを心にとめているために」

帽子《ぼうし》の下のおじさんのしわ深い横顔は落ち着いていたし、前を見つめる目は澄《す》んで明るいとさえ言ってもよかった。

リリコはおじさんの言葉に、ゆっくりとうなずいた。

15　森のはずれで見たもの

二人は、木々の間を通ってうねうねとつづく日あたりのよい緑の小道をゆっくり歩いた。

リリコが一本の木を指さした。

「まあ、かわいらしい木ですね！　葉の先もちっとも痛《いた》そうじゃありませんね。まだ赤ちゃんなんでしょうか？」

それは、見るからにやわらかそうな若草色の葉をつんつんさせた、人よりもいくらか背丈《せたけ》があるかというほどのこれもツリー型の木だった。

「そうです。これからゆっくり、大人になっていくところです。二百年先には空に届くほど大きくなっているでしょう。ストローブマツといって、昔は帆船《はんせん》のマストになって、航海《こうかい》に出たそうですよ」

「わああ……！」

たくさんの帆《ほ》をふくらませ、緑の大海原をゆく大型帆船《はんせん》がいきなり目にうかんだ。白い雲のうかぶ青空に向かって高いマストがのびている。その横をゆうゆうと白い鳥が舞《ま》っている――。

リリコは小さなストローブマツに向かって声をかけたくなった。

「あなたのおじいさん、きっとアホウドリとお友だちだったわね！」

するとさっきの小鳥が二羽、またキョロキョロッと鳴きかわしながら飛んできて、小さなそのストローブマツのこずえとたわむれてから、また飛びすぎていった。おじさんが楽しそうに、

「きみの友だちはルリビタキだねえ！」

とマツに向かって声をかけた。

二人はさらに小道を行き、葉のしげるニレやブナの大木の下を、木もれ日をあびながら歩いた。風が気持ちよく、樹木《じゅもく》のはく息がからだに染《し》みこんでくるようだ。

おじさんは背《せ》の高い人ではなく少しもいばったところはないのに、ゆったりと

していた。

そのとき、髪《かみ》の中をゆっくりと吹《ふ》いていったそよ風に乗って、ユーモレスクのメロディーが、けだるくなつかしく流れていったような気がした。

(あ……放課後の、音楽室の……あの階段の……)

それは、いくつもいくつもあったはずの光景の中で、そこだけぼうっと光っているような貴《とうと》い一場面として、記憶《きおく》のかなたから今にもうかびあがってこようとしていた。まるで何年も何年も生きてきた大人が、遠い遠い子ども時代のある日を思い出すときのように――。ぽろろんぽろろん……と素朴《そぼく》なピアノが奏《かな》でるユーモレスクのメロディーにとけていた、やさしく深い瞳《ひとみ》……。ああ、あれはだれの瞳《ひとみ》だったろうか……。

そのときふいに、見晴らしのきく明るい草地が広がった。

「わあっ!」

いきなり夢から覚めたようにリリコが声をあげたのは、トウシン草のしげみの向こうに小さな池があるのが見えたからだった。もう一つの深い空が濃《こ》いあい色の水面にくっきりと広がっている。

「何かいるかしら⁉」

足を速めて岸辺まで行くと、リリコは草の間にしゃがんで水の中をのぞきこんだ。ゆらゆらした暗い水面に自分の顔が映《うつ》る……。リリコはぎょっとした。

（えっ？　えっ……？）

リリコはまばたきし、あわてて顔をさわり、ネグリジェをまとった自分のからだをたしかめた。いつもの自分。五年生の自分に変わったところなんか少しもない。もう一度水面を見る。やっぱりあの人の顔だった……。汽車の窓《まど》ガラスにかかっていた肖像画《しょうぞうが》の女の人……。うそ……。自分は今、あのいばったような、あの人の、あのいやな顔をしているのだろうか？　そもそも、大人の顔をしているのだろうか。たしかにおじさんとあまり背《せ》がちがわなかった……。おじさんがずっと大人に話すように話していたのもそのせいだったのだろうか……。そうか、だからあんなに大人っぽい話し方で大人っぽいこと言ってたんだ……わたしも……。いやだいやだ……。わたしあんな人になるのはいやだ……。

リリコはぼうっとし、顔をあげた。

背後《はいご》で草のゆれる音がし、おじさんがやってきてそばで腰《こし》をかがめたのがわかった。

白い雲を背景《はいけい》に、紺色《こんいろ》の水面でゆらゆらとゆれるおじさんの顔が、ぼうっとしたままのリリコの目に映《うつ》ったとたん、リリコは、はじかれたようにビクンとのけぞった。

(トビー!)

どうして今このときまで〈トビー〉のことを思い出さなかったのだろう! その顔は、あの音楽室に行く階段に立っていた〈トビー〉だった……。ユーモレスクのメロディーがくっきり聞こえてくるような気がした。

ところがもう一度目をこらすと、つぎにはやっぱりおじさんの顔に見え……それからやっぱり六年生の〈トビー〉に見えた……。水に映《うつ》ったやさしそうな笑顔は年齢《ねんれい》を持たなかったのだ。そうか……カラスをだいていたおじさんの姿《すがた》の中には、犬のクロをだいて、雨降《ふ》る校庭をかけていた〈トビー〉がいたのだ……。

〈トビー〉だったんだ……。

リリコは、見開いた目でまばたきもせずに水の中の〈トビー〉を見つめた。

〈トビー〉は、どんな年齢《ねんれい》だろうと〈トビー〉だった。変わらなかった――。

（ううん、そうじゃない。そうじゃなくて）

なおも〈トビー〉を見つめつづけながらリリコは思う。

（トビーは、どんどんトビーになったんだわ。何年も何年もかけて緑がもっともっと緑になるように、トビーはもっともっとトビーになったんだ……。ああ、あのトビーでさえ、まちがったりしながら、トビーになっていったんだ……。おじさんになったトビーなんか絶対《ぜったい》いやだと思ったのに、ちっともいやじゃない。

……じゃあ、わたしは？……）

リリコはおそるおそる身をかがめた。こわいものに引きつけられるように、自分の顔をもう一度のぞいてみたくなったのだ。

よく見れば、水の中の顔はやはり年齢《ねんれい》を持たず、大人のようでもあれば、子どものようでもあった。肖像画《しょうぞうが》のあの人によく似《に》ていたけれど、もういばってはいない……。なおもじいっと見ているうちに、水面がしんと静かになり、見慣《みな》れた五年生の自分がくっきりあらわれた。どんなに見つめても、もう大人には見えなかった――。

（……やっぱりわたしは今、子どもなんだ。まだ子どもなんだ。大人になるのはこれからなんだ……)

「さあ、ここまでくれば、この先の道はもうわかるでしょう。ほら」

そうおじさんが言ったときだった。

ブオッ、ブオッ、ブオッ……。

耳をおどろかすあの音がひびいたので、リリコはおどろいて立ちあがり、こうべをめぐらせた。意外なことに、そこから汽車が見えた。まわりにあったはずの木々はなく、開かれた緑の草原《くさはら》の上に、こちらに側面を向けて停《と》まっていたのだ。ずっと乗ってきた汽車だというのに、外側からその姿《すがた》を見たのはこれが初めてだった。

真っ黒い機関車と炭水車、そしてリリコのいた小さな客車がつながっただけの、かわいらしいような汽車だった。すっくとのびた煙突《えんとつ》からは、まだ白いけむりがゆらゆらと立《た》ち昇《のぼ》っていた。

と——。

プオ————————ッ!

耳をつんざくようなすさまじい音量で汽笛《きてき》が鳴りわたった。同時に、煙突《えんとつ》からもくもくと黒煙《こくえん》がふきあがる。黒煙《こくえん》は力強く太く丸くふくらみ、生き物のようにもりもりとうごめきながら空高くまで昇《のぼ》っていく。

プオ――――ッ！

もう一度、さらに大きく。

そのとたん、真っ黒い鳥のようなものがいくつか、煙突《えんとつ》から飛び出したように見えた。

（……えっ？　今のはカラス？　あのカラスたち、また飛べたの!?）

でもつぎつぎわきあがる黒いけむりにまぎれ、形をたしかめることはもうかなわなかった。

（それとも今のはただのけむりだったんだろうか……？）

リリコは泣きそうになりながら胸《むね》をおさえ、空を見あげてアハアハと呼吸《こきゅう》をした。あのカラスたちがふたたび飛んでくれたなら、どんなにどんなにうれしいだろうか！　たまに死んだふりをしに森を訪《おとず》れてくれたなら！

けれど、そうであってほしいと願えば願うほど、あれはただのけむりだったよあのカラスで、今のがほんとうにカラスで、あのカラスたちが一羽残らず燃《も》えることなく飛び立ったのだとしても、一つの事実は変わらないのだった。〈カラスをくべた〉という事実は――。

リリコはそのことを胸《むね》にきざまなければならなかった。白い布をさいたことも。トリバネアゲハをピンでさし、ふみつぶしたことも。たとえティルが美しい折り紙に変えてくれたこと、変えようとしてあらわれてくれたことがどんなにうれしい救いだったとしても。

リリコはくちびるをぎゅっとかみながら、〈トビー〉の言葉を心でくり返した。

(……もうまちがわないために。そして、またいつなんどき、まちがうかもしれないということを心にとめているために……。ああほんとうにそうなのだ……)

そして〈トビー〉のほうをふり向いた。

だがもうそこにはだれの姿《すがた》もなかった。

そのときだった。

プオ――――――ッ!

三度目の汽笛《きてき》がいよいよ高らかに鳴りわたり、リリコは耳をおさえ目をつぶってふるえあがった。それからそっと目を開けて汽車のほうを見たリリコは、機関車の前に金色の輪が一輪付いているのに気づいた。輪は地面と接《せっ》し、一本の棒《ぼう》で支《ささ》えられて機関車とつながっている……。と、リリコははっとした。まるで帆船《はんせん》の船首に付けられた風を切る女神像《めがみぞう》のように一人の少女が機関車の前面にはり付き、すっくと立って、輪回しの棒《ぼう》をつかんでいたのだ。その少女が、ずっと汽車を導《みちび》いていたのだった。

「……スーキー……！」

そうつぶやいたとき、もくもくとわき出る黒煙《こくえん》が下に向かってゆるくとぐろを巻《ま》き始めたと思うとやがて汽車全体をすっぽりとくるみこんだ。少女もろとも。

「スーキー……！」

リリコは石のように立ちすくんだきり動くことができなかった。

もくもくとした黒いけむりは、まるごと汽車を包むや、みるみる小さく小さくすぼまり、そして最後にとうとう、たった一人の黒い人影《ひとかげ》になった。長いつえを持ったぬうっとした人影《ひとかげ》に。それはずうっと以前にたしかに見たことのある人影《ひとかげ》……そう、絵の中で、あの黄色い地面に落ちていた影《かげ》だった。けれどその姿《すがた》は今、召《め》し使《つか》いの魔人《まじん》のようではなく、牧場に立つ羊飼《か》いのように見えたのだった。

そしてそれは、だれあろう、さっきまでリリコと歩いていた、棒《ぼう》を持ったおじさんの――つまり〈トビー〉の影《かげ》にちがいなかった。長いほうきを手に、階段のそうじをしていた、あの〈トビー〉の……。

「トビー……！」

（でも、スーキーは？　スーキーはどこにいったの……？）

すると、〈トビー〉の影《かげ》がゆっくりと棒《ぼう》を持ちあげて、あるほうを示した。

16　たんぽぽの原っぱ

リリコは棒《ぼう》が示《しめ》すほうに顔を向け、そこで初めてまわりの光景に気づいて目をみはった。さっきまで緑だった草原《くさはら》は一面の黄色に変わっていた。たんぽぽがいっせいに咲《さ》いたのだった。

いったいいつ黒いけむりの中から野原へ走り出たのだろう。その黄色の広がりの中で、あの女の子がただ一人、輪回しをしながらかけていた。長い髪《かみ》をなびかせ、スカートをはためかせて。まちがいない。それはたしかに〈スーキー〉だった。

「ス――キ――――！」

リリコは声のかぎりにさけんだ。

少女はぐるーりと円を描《えが》くように野をかけ、リリコのほうを向くと、左手をあげた。

「リリコちゃ――――ん！」

なつかしい〈スーキー〉の澄《す》んだ声が広い野原にひびきわたる。

リリコはかけ出した。風を切り、青空の下の黄色いたんぽぽの原を力いっぱい。

〈スーキー〉の笑い声が近くなる。何度も何度も心地よく聞いた、あの笑い声が近くなる。もう少し。〈スーキー〉はすぐそこ！

「リリコちゃん、手！」

輪回しをつづけながら、〈スーキー〉はもう一方の手をリリコのほうへ思いきりのばした。リリコはついに追いつき、〈スーキー〉の手をぎゅっとつかんだ。

「いっしょに走ろう！」

〈スーキー〉はリリコと手をつないだまま、たんぽぽの原っぱを、ぐるーりぐるーりと大きく回った。

たんぽぽでうまったでこぼこの原っぱは、自転車をこぐのでさえむずかしかったろうに、〈スーキー〉は一輪の輪っかをみごとにあやつった。

「リリコちゃんも持ってみて！」

息をはずませながら〈スーキー〉が言い、棒《ぼう》をにぎったリリコの右手に、〈スーキー〉は自分の手をそえた。

「きゃきゃっ、わあっ！」

金色の輪はきらきらきらきらきら光りながら回りつづけた。

走っても走ってもくたびれなかった。

「〈スーキー〉、あのね！」

走りながらリリコが声をあげる。

リリコはずっと思っていたのだ。

——もしも今〈スーキー〉に会ったら、これまでの時間はぴたりとふさがり、さっきまでずっといっしょに笑っていたように笑いながら、つづきの話をするだろうと——。

そのとおりになったのだ。

二人は陽《ひ》にかがやく黄色の原っぱで、いっしょに輪を回しつづけた。

リリコはベッドの中で目覚めた。朝の光に満ちた子ども部屋の景色がゆらゆらしていた。まぶたの中にたまっていた涙《なみだ》のせいだった。すぐに、丸い涙《なみだ》がつうっと転がり落ち、世界はくっきり明るんだ。

――ィキッ・テミッ……ワカッ・ルコッ……。生きてみてわかること……。

遠くを走る早朝の汽車の音が、ささやき声で歌う男声合唱のようにリリコの耳に届《とど》き、消えていった。

横を向くと、ドアにはった絵に朝日があたり、黄色い街を光でいっぱいにしていた。その中で、輪回しをしながら通りをゆく、少女の姿《すがた》がかがやいている――。

道の向こうでは森のおじさんになった〈トビー〉の影《かげ》が〈スーキー〉をむかえる

ように立っている――。

〈……スーキー……〉

〈スーキー〉が見せてくれた、長い長い汽車旅の夢《ゆめ》だった。

リリコは少女のシルエットに向かって小さく声をかけた。

〈ありがとう、スーキー……〉

17　新しい日

その朝、ティルはけろりとしていて、じゃんけんの結果自由になった左右の手で交互《こうご》にボールをつきながら、リリコと並《なら》んで学校へ向かう石だたみの道を歩いていた。

ずっと前のほうには、友だち三人で並《なら》んで歩くキララの姿《すがた》があった。キララを真ん中にはさんだ女の子たちが、横からキララの顔をのぞき、あれこれ話しかけている様子が遠くからでも見える。キララもウララのように、やっぱり人気者なのだ。

犬の散歩《さんぽ》をしているおばさんに出会い、プラタナスの木の下でリリコとティルが――犬とおばさんの両方に会ったときのきまりどおり――三回勝負のじゃんけんをしていると、自転車に乗ったウララが後ろから来て、追いこしざまに、

「あんたたち！　遊んでないで早く行きなさいよ！」

と、よく通る声でさけんでいった。

水色のセーラー服のえりをはためかせ、セミロングの髪《かみ》をなびかせて自転車をこぐウララの後ろ姿《すがた》は、やっぱりとてもさわやかですてきだった。

モル兄さんはさっき、お父さんの車に乗せてもらって出ていった。モル兄さんの学校はお父さんの通勤《つうきん》とちゅうにあるのだ。少し遠回りをすれば、だけれど。

これといって変わったところのない、いつもどおりの朝の光景だった――。けれど、リリコにとっては新しい朝だった。だれにもわからない、リリコだけの新しい朝だった。

学校が近づいたとき、校門に、週番の腕章《わんしょう》をつけた〈トビー〉が立っているのが見えて、リリコはドキッとした。そういえば今日は月曜。週番が変わったのだ。

「やった。あいつならだいじょうぶだ！」

ティルがあいかわらず、ドリブルをしたまま言った。

「あの人知ってるの？」

「知ってるさ。いい人だよ！」

そしてティルは、いきなり速足になると、登校してくる子どもたちをじょうずにかわしてボールをつきながら、「おはよーございまーす！」と元気よく校門に向かっていった。

はなれて歩いていきながら、ああティルったら……きっと注意されちゃう……とリリコがどきどきしていると、ティルが言ったとおり、〈トビー〉は笑って「おはようございます！」と言っただけだった。

リリコもまもなく〈トビー〉の横を通りながら、

「おはようございます」

と、ようやく声を出した。〈トビー〉は、あの森のおじさんの目でリリコにほほえみながら、あいさつしてくれた。つづいて、小さい子たちに話しかけるおだやかな声が、後ろから聞こえてくる——。

大声をあげながらランドセルをゆらし、校舎《こうしゃ》をめがけてかけていく生徒たちの中を、ティルの分まで荷物を持ちながら、リリコはゆっくりと歩いていった。

〈あのトビーもまちがえるかもしれないんだ……。それでもトビーはいつまでも

トビーのまま、もっともっとトビーになるんだわ。だいじょうぶなんだ……〉

〈……わたしは……？〉

リリコは、ゆっくりくちびるをかんだ。

〈だいじょうぶ。わたしだってだいじょうぶ……〉

外国からリリコ宛《あて》に、きみょうな封筒《ふうとう》が届《とど》けられたのは、それから何日かすぎたときだった。宛名《あてな》書きは日本語だったが、子どもが書いたものをコピーしてはりつけてあるのだった。差出人《さしだしにん》は——モル兄さんが教えてくれたところによると——外国の街の郵便局長《ゆうびんきょくちょう》さんだった。中を開けると、また茶封筒《ちゃぶうとう》が入っていて、おもてに英語で書かれた文章がはり付けてあった。

その文章を、辞書を引き引き訳《やく》してくれたのはモル兄さんだった。しかも、細いペンできちんと清書し、難《むずか》しそうな言葉には説明までつけてくれた。

〈親愛なるどなたかへ

突然《とつぜん》ですが、わたしは＊＊市＊＊広場郵便局長《ゆうびんきょくちょう》の＊＊＊・＊＊＊です。最近、以下のような、きわめてふしぎでまれな事故が起こりました。

去る＊月＊日、わたしたちの郵便局《ゆうびんきょく》の建物の横に何十年間にもわたって停《と》められていた古い郵便《ゆうびん》貨物車が、何らかのはずみでひとりでに動き出しました。それによって、郵便《ゆうびん》貨物車の前の土地に設置《せっち》されていた、わが市のほこる近代芸術家＊＊＊氏制作の抽象的《ちゅうしょうてき》な（＝見た目では何の形かはっきりしてないこと）置物がたおされました。すると、たおれたひょうしに、その置物の中から封筒《ふうとう》やはがきなどの、そう多くはない郵便物《ゆうびんぶつ》が外へこぼれ出ました。『これはけっしてポストではありませんので、あやまって投函《とうかん》しないように』という注意書きがかかげられているにもかかわらず、何名かのそそっかしい人々が、置物についている口のようなすきま部分から、あやまってそれらを投函《とうかん》したのでしょう。当方では、この数日間、それらの郵便物《ゆうびんぶつ》の差出人《さしだしにん》にそれらを懸命《けんめい》に送り返してきました。なぜならば、かなり以前に投函《とうかん》された郵便物《ゆうびんぶつ》を宛先人《あてさきにん》に、今、直接《ちょくせつ》送ることがはばかられたからです。しかしながら、あなたにお送りした数通の封書《ふうしょ》の差出人《さしだしにん》に関しては、記載《きさい》された住所には、すでに住んでいないことが判明《はんめい》しました。

それらの手紙の宛先《あてさき》が（わたしたちには読むことができないものの）、すべて同一だと見受けられましたので、すべてをまとめて宛先人《あてさきにん》であるあなたにお送りすることに決めました。そのために、一つの封筒《ふうとう》から宛先《あてさき》を拡大《かくだい》コピーして宛名《あてな》として活用し、はり付けました。

もし、すでに使われていない古い郵便《ゆうびん》貨物車がひとりでに動き出すというきわめてふしぎな事故《じこ》が起こらなかったなら、これらの封筒《ふうとう》は、まだ今後もずっと、その抽象的《ちゅうしょうてき》置物の中に入ったままだったことでしょう。それを考えると、置物がたおれたひょうしに台座から取れたことは残念だったとはいえ、このふしぎな事故《じこ》をわたしたちはむしろよろこんでいます。

あなたにとって、これらの手紙が価値《かち》ある良いものでありますように！

心をこめて＊＊広場郵便局長《ゆうびんきょくちょう》
＊＊＊・＊＊＊〉
古い郵便《ゆうびん》貨物車が不意に動き出し、たおされた置物の中から手紙が一度にこぼれ出たという＊月＊日こそ、リリコがあの絵に入りこみ、ふしぎな汽車旅をした

日だった。
茶封筒《ちゃぶうとう》の中には封筒《ふうとう》が五つ入っていた。どれも〈スーキー〉からだった。
リリコはこわばった指先で古い日付の順に封《ふう》を切った。

＋＋年　一月十日
〈リリコちゃんお元気ですか？　わたしはひっこしました。もしかして、前のじゅうしょにおてがみをくれていてもどってしまってたら、ごめんなさい。おとうさんが、てんそうのてつづきをするのがおくれてしまったからです。こんどからはここに出してくださいね！
　ここは古い町で、広ばもあります。ちょっとかわっててふしぎなかんじのところだけれど、わたしはすきです。それに、広ばのゆうびんきょくにあるポストが、おもしろいかたちをしてて、わたしはだいすきなので、このてがみをだすのがたのしみです。広ばにあるなかでいちばんすごいのは、白くて長いたてものです。はしらがずらっとならんでます。でも中にははいれません。
　リリコちゃんにあえなくてつまらないです。

ではお元気で。おてがみまってます。スーキーより〉

十十年　二月五日

〈リリコちゃんへ。お元気ですか？　もしかしたら、いきちがいになってしまうかなと思ったけれど、リリコちゃんのおてがみがなかなかこないので、書いてしまいます。

学校は楽しいですか？　わたしはほんとうのことをいうと、まあまあです。でもやさしい人もいます。でも帰ってからは、たいてい、家でひとりで遊んでいます。絵をかいたりおり紙したり、本を読んだりしています。学校のとしょ室に日本語の本がたくさんあるし、なんさつもかりられます。外だと広ばで遊ぶこともあるけれど、ひとりだと、あんまり遊べません。あのね、広ばに、時計のついた家があるのですが、はりがとれてるので、ぺろんとしていて、おかしいです。

わたしはリリコちゃんと遊んだことを何回も思い出しています。いっしょに学校からかえったこととか、リリコちゃんのおうちにいったこととかも。ここらへんにはなみ木道がありません。

ではお元気で。おてがみまってます。スーキーより〉

十十年　五月二〇日

〈リリコちゃんへ。

お元気ですか？　リリコちゃんからお手紙がこないのでしんぱいです。かぜをひいてるのですか？　それともいそがしいのですか？　三年生になってクラスはかわりましたか？　わたしたちの学校ではこの前、みずうみにえん足に行きました。二年生のとき、いっしょにみずうみにえん足に行きましたね。あのえん足が、わたしのいちばんすきなえん足です。だからときどき思いだします。でもこの前のみずうみもすごくきれいだったので、リリコちゃんがいたらいいのになと思いました。

リリコちゃんは春休みに、どこかに行きましたか？　きょうだいがたくさんいて、いいですね。わたしはときどきリリコちゃんのお兄さんやおねえさんや弟やいもうとのことを考えます。ねぇ？　きょうだいだけにわかる、とくべつの思い出みたいなものって、きっと何かあるのでしょうね。そういうことってきらきらしてる、とてもとてもいいものなんだと思います。

そうそう、あのね、わたしは、少し、わ回しができるようになりました。学校で、むかしの遊びをおしえてくれるのです。

ではさようなら。お手紙まってます。スーキーより〉

××年　十月五日

〈リリコちゃんへ。

お元気ですか？　すごくすごくひさしぶりでお手紙を書きますね。リリコちゃん、ほんとうに、いったいぜんたい、どうしちゃったんでしょうか。わたしはきのう、『あしながおじさん』を読みました。リリコちゃんは読んだことがありますか？　主人公は、ぜんぜんお返事をもらえないのに、せっせとあしながおじさんに手紙を書きます。それできゅうにまねしたくなりました。

でもせっかく書こうと思ったのに、あんまり書くことを思いつきません。やっとお友だちになった人が、ときどきいじわるをするので、今はまたひとりで遊んでいます。四年生になってわ回しがだいぶうまくなったので、広場をぐるぐる走りながらわを回しています。リリコちゃんといっしょにやれたらどんなに楽しいだろうなって思います。リリコちゃんは、けっしていじわるなんかしませんでしたね。どうしてそんなことをするのかわかりません。わたし、なにもしていないのに。

やっぱりお手紙、待ってますね。お元気で。スーキーより〉

＊＊年　九月二十日

〈リリコちゃんへ

何て何てお久《ひさ》しぶりでしょう。スーキーです。私《わたし》のこと、まだ覚えててくれるかしら？　リリコちゃんはお変わりありませんか？　私《わたし》たち、もう五年生だなんて、びっくりですね！　あのね、わたしちょっぴり、リリコちゃんのこと、おこってたんです。だってちっともお返事くれないんだもの。だけど、やっぱりもう一回だけ書くことにしました。

実は、もう一回引っこすことになったんです。新しい住所がもうわかってるので、もしもリリコちゃんが、ようやくお手紙を書こうっていう気持ちになってくれたら、そちらにください！

この町とももうすぐお別れです。つらいこともあったけれど、それでも町のふんいきはきらいじゃなかったので、さびしい気持ちもあるのですが、でも今度行く学校が楽しみです。

引っこし先へは汽車に乗って行くんです。長いトンネルも通るそうです。前に食堂車のことを、リリコちゃんに話したの覚えてますか？　食堂車に、また行けたらいいなって思ってます。夜汽車もいいなと思ったけれど、明るいうちに着くそうです。

リリコちゃんとまたいっしょに遊びたいなあって、ずうっとずうっとずうっと思っていました。今も思ってます。話したいことも、たくさんたくさんたくさん、あるんです。そしてね、はなれていても、ずっと仲良しのまま、リリコちゃんといっしょに大きくなっていけたらいいなって、今もやっぱり思っています。

お手紙、あきらめないで待っていますね！

新しい住所はここです。

《＊＊＊市＊＊＊町＊＊＊番地》

〈スーキーより〉

リリコは最後の手紙の年月日をたしかめた。それは郵便《ゆうびん》貨物車が動き出し、置物がたおれたという日よりほんの数日前の日付《ひづけ》にすぎなかった。

リリコは左手でしきりと涙《なみだ》をぬぐいながら、右手では、もう引き出しから便箋《びんせん》を取り出していた。

〈スーキー〉に出そうと思ってずいぶん前に買い、そのましまっていた、いちばん大切な便箋《びんせん》を――。

■作家　高楼方子（たかどの ほうこ）

函館市に生まれる。『へんてこもりにいこうよ』（偕成社）、『いたずらおばあさん』（フレーベル館）で路傍の石幼少年文学賞、『キロコちゃんとみどりのくつ』（あかね書房）で児童福祉文化賞、『十一月の扉』（リブリオ出版、講談社青い鳥文庫）、『おともださにナリマ小』（フレーベル館）で産経児童出版文化賞、『わたしたちの帽子』（フレーベル館）で赤い鳥文学賞・小学館児童出版文化賞を受賞。その他の作品に『ポップコーンの魔法』（あかね書房）、『ルゥルゥおはなしして』（岩波書店）、『緑の模様画』（福音館書店）などが、翻訳の作品に『小公女』（福音館書店）がある。札幌市在住。

■画家　松岡　潤（まつおか じゅん）

神奈川県に生まれる。個展を中心に非日常的な風景を水彩や鉛筆で表現している。2012 年３月第２７回全国絵画公募展 IZUBI に入選。書籍の装画や雑誌の挿画などでも活躍している。装画・挿画の作品に『抱擁』（辻原登・著、新潮社）、装画の作品に『いつか陽のあたる場所で』『すれ違う背中を』（ともに乃南アサ・著、新潮社）、『奇談蒐集家』（太田忠司・著、東京創元社）、『つばらつばら　句集』（佐藤麻績・著、文學の森）などがある。東京都在住。

装丁　白水あかね
協力　有限会社シーモア

スプラッシュ・ストーリーズ・21

リリコは眠れない

2015年1月　初　版
2018年6月　第2刷
作　者　高楼方子
画　家　松岡　潤
発行者　岡本光晴
発行所　株式会社あかね書房
〒101-0065　東京都千代田区西神田3-2-1
電　話　営業(03)3263-0641　編集(03)3263-0644
印刷所　錦明印刷株式会社
製本所　株式会社難波製本

NDC 913　165ページ　21 cm

ISBN978-4-251-04421-1
落丁・乱丁本はお取りかえいたします。定価はカバーに表示してあります。
http://www.akaneshobo.co.jp

高楼方子《たかどのほうこ》の本

キロコちゃんとみどりのくつ

〈たかどのほうこ 作・絵〉

キロコちゃんは、目玉のキロッとした元気な女の子。手に入れたみどりのくつが、目玉とベロのついたいたずら者だったから大変です。くつのいたずらで、様々な事件《じけん》を巻《ま》き起《お》こしたキロコちゃんは、「子どもフェスティバル」でくつをはいて踊《おど》ることになります。うまく踊《おど》れるのでしょうか…。
ワクワクドキドキ…一気に
読める楽しい物語です。

ポップコーンの魔法《まほう》

〈たかどのほうこ 作・千葉史子 絵〉

おちびでぷくんとしている花子は、「ほんとうは“ハンナ”というすてきな女の子なんだ」と思うことにしています。
ある日、ブランコをこいで“ハンナ”になった花子は、カメリアという変わった女の子と友だちになり、百葉箱《ひゃくようばこ》の家で遊んだり、耳の長いネコウサギに出会ったり、不思議な時間を過《す》ごしますが…。
あこがれと友情にあふれた、魔法《まほう》のような時間の物語。